무한동력 1

글 · 그림 주호민

동양 books

무한동력

초판 1쇄 발행 | 2009년 7월 28일
초판 10쇄 발행 | 2022년 5월 10일

지은이 | 주호민
발행인 | 김태웅
기획편집 | 박지호, 서진
외부기획 | 민혜진
디자인 | 남은혜, 신효선
마케팅 총괄 | 나재승
마케팅 | 서재욱, 김귀찬, 오승수, 조경현, 김성준
온라인 마케팅 | 김철영, 장혜선, 김지식, 최윤선, 변혜경
인터넷 관리 | 김상규
제 작 | 현대순
총 무 | 윤선미, 안서현, 지이슬
관 리 | 김훈희, 이국희, 김승훈, 최국호

발행처 | (주)동양북스
등 록 | 제2014-000055호
주 소 | 서울시 마포구 동교로22길 14(04030)
구입문의 | 전화 (02)337-1737   팩스 (02)334-6624
내용문의 | 전화 (02)337-1739   이메일 dymg98@naver.com
네이버포스트 | post.naver.com/dymg98
인스타 | @shelter_dybook

ISBN 978-89-8300-656-1 17810
      978-89-8300-655-4 (전 2권)

이 만화는 꿈과 성장에 대한 이야기입니다.

많은 사람들이 꿈과 현실의 모순 때문에 방황합니다.
성장은 그것에 대한 모색과 성찰에서 비롯하겠지요.

이 만화의 등장인물들이 만들어가는 모색과 성찰에
공감하신다면 저는 더할 나위 없이 기쁠 것입니다.

왜냐하면 그들은 저이자, 주위의 친구들이자,
독자 여러분 자신일 수도 있으니까요.

2009년 여름

주호민

꿈을 꾸는 마음이 바로 무한동력이다.

　동네 전파상으로 신분을 위장하고 살아가는 최고의 물리학자가 비밀리에 개발한 무한동력 엔진. 그를 경호하기 위해 급파된 국정원의 신입요원 장선재는 네일아트점 점원으로 잠복중인 김솔 요원과 힘을 합친다. 무한동력을 놓고 벌어지는 열강들의 치열한 첩보전과 호쾌한 액션활극! 다음 페이지부터 펼쳐진다!

　…펼쳐지지 않는다. 제목의 강렬한 SF스릴러적 향취와 달리, 『무한동력』은 그저 그런 21세기 초에 그저 그렇게 취직자리를 알아보며 하숙중인 주인공과 비슷한 처지의 동료들의 하루하루를 담아내는 작품이다. 그냥 다들 사는 낮은 곳의 평범한 인간사를 바라보는 따뜻하고 유머러스한 시선으로 가득하며, 동시대 젊은 세대들과 함께하는 마음이 가득 넘쳐나는 잔잔한 이야기다. 그림체나 연출마저 강렬한 필력이나 끝없이 과장된 귀여움으로 압도하기보다는, 퍽 잔잔하다. 강렬한 상황이나 꼬인 인간관계가 아니라, 그저 살아가는 모습에서 진국으로 우러나는 감칠맛과 현실 속의 일상적인 장벽들을 섞어 넣어 만들어진 소소함의 현실성이다.

　하기야 오늘날 한국의 사회 현실은 그 자체만으로도 뭔가 소재거리가 될 만도 하다. 일자리 수요공급이 어긋나고 불경기까지 겹치면서 취직 경쟁은 심해지고, 그렇다고 사회 안전망은 미진하기 짝이 없고 경쟁구도로 부채질하는 사회 분위기는 더 없이 각박하기까지 하다. 그 한복판에 던져진 젊은 세대는 인생의 목표에 대한 혼란을 정리하는 방법을 배운 적이 없다. 그런데 『무한동력』은 갑갑한 무력감에 짓눌리는 모습을 잔인하게 해부하기보다, 그 속에서도 어떻게든 나름대로 삶의 소소한 즐거움을 찾아가며 열심히 살아가는 사람들의 손을 들어준다. 이런 자세가 웹 연재만화 특유의 실시간적 공감대라는 요소와 만나자, 작품이 구사하는 동시대/동세대적 호흡은 놀라운 수준으로 올라섰다.

하지만 이 작품의 가치가 완성되는 것은 바로 그 현실성 속에 작은 판타지가 가미되는 순간이다. 녹록치 않은 현실 생활의 제약 속에서도 하숙집 주인 아저씨가 묵묵하게 개발하고 있는 무한동력 엔진이 바로 그것이다. 달동네의 윤곽 사이에 우뚝 솟은 기이하되 묘하게 정감어린 이상한 고물탑의 이미지 속에 『무한동력』의 모든 것이 함축되어 있다. 현실을 벗어난 별세계가 아니라, 바로 지금 여기에 살아가고 있지만 약간 더 불가능해 보이는 무언가를 추구하고 싶도록 만드는 '꿈'이다. 그 꿈에는 사람들과의 사연이 담겨있고, 작은 소망과 기억들이 엮여 있다. 게다가 꿈을 꾸는 마음은 은연중에 전염되기까지 한다. 적어도 주인집 아저씨에게서 하숙생 주인공들에게 전염되었고, 그 과정에서 수많은 독자들에게 전염되었다.

그리고 이제 웹 연재 뿐만 아니라 단행본으로 묶여 나왔으니, 더 많은 이들에게 전염되리라. 계속 퍼져나간다고 해서 누구나 꿈이 이루어지는 세상이 오지는 않겠지만, 적어도 누구나 나름의 꿈을 실현시키려 노력할 수 있는 세상 정도는 만들어볼 수 있지 않을까. 무한동력 엔진은 물리적으로 불가능하다 할지라도, 꿈을 생각할 줄 아는 마음이 사람들의 삶 속에 계속 퍼져나가는 것이야말로 세상을 살만한 곳으로 만들어내는 무한에 가깝게 커다란 원동력이다.

김낙호 (만화연구가)

차 례   C o n t e n t s

머리말
추천사

Chapter 1   수자네 하숙집 … 7

Chapter 2   세상에 이럴 수가 … 71

Chapter 3   자네는 꿈이 뭔가? … 145

Chapter 4   좋아해 … 235

Chapter
1
수자네 하숙집

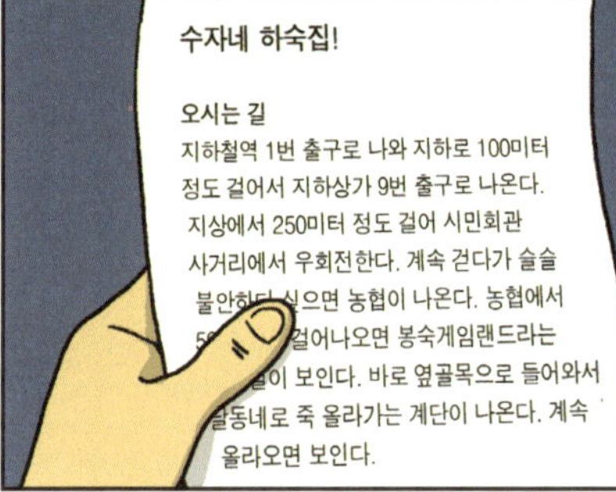

갑자기 피로가 몰려온다.

번듯한 대기업에 들어가서 시원한 연봉을 받는 것!
이게 지금 내 가장 큰 목표다.

성적확인/성적표 발급

장선재 회원님의 토익 성적입니다.

응시일	수험번호	L/C	R/C	Total	Graph	
08.2.24	611 206	315	320	635		635
08.1.13	611 718	325	320	645		645

어찌 됐 건 이대로는 안 된다.

이제는 학교 왔다갔다 하는 시간
조차 아까워 하숙집을 구했는데
벼룩시장
가로수
교차로

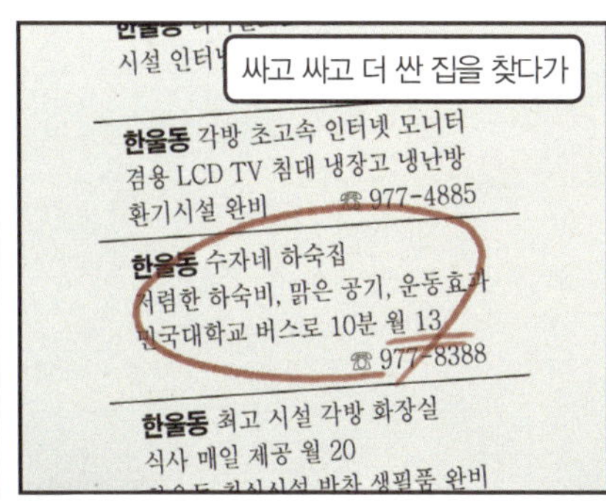

싸고 싸고 더 싼 집을 찾다가
시설 인터
한울동 각방 초고속 인터넷 모니터
겸용 LCD TV 침대 냉장고 냉난방
환기시설 완비   ☎ 977-4885
한울동 수자네 하숙집
저렴한 하숙비, 맑은 공기, 운동효과
한국대학교 버스로 10분 월 13
☎ 977-8388
한울동 최고 시설 각방 화장실
식사 매일 제공 월 20

학교에서 버스로 두 정거장
떨어진 달동네에 방을 구했다.

수자네 하숙집!

오시는 길
지하철역 1번 출구로 나와 지하로 100미터
정도 걸어서 지하상가 9번 출구로 나온다.
지상에서 250미터 정도 걸어 시민회관
사거리에서 우회전한다. 계속 걷다가 슬슬
불안하다 싶으면 농협이 나온다. 농협에서
50미터 걸어오면 봉숙게임랜드라는
집이 보인다. 바로 옆골목으로 들어와서
달동네로 죽 올라가는 계단이 나온다. 계속
올라오면 보인다.

모르겠어…

P.S 정 못 찾겠다면
산 꼭대기를 보세요.
다른 집과는 다른
구조물이 있습니다.

구조물…?

?
…?!

난생 처음 보는 물건이지만
어떤 용도인지는 짐작이 간다…

계… 계세요?

삐그덕

누구세요?
평화

아, 안녕하세요!
오늘부터 하숙하기로 한
장선재라고 합니다!

장선재…?
장선재…?

아아~! 장선재!
들어와 들어와!

!!!!!!!!!!!

와… 이게 뭐죠?

어, 그거 뭐… 주인 아저씨가 만날
뚝딱거리는 건데 나도 잘 모르고…

저기가 니 방이야.
아.

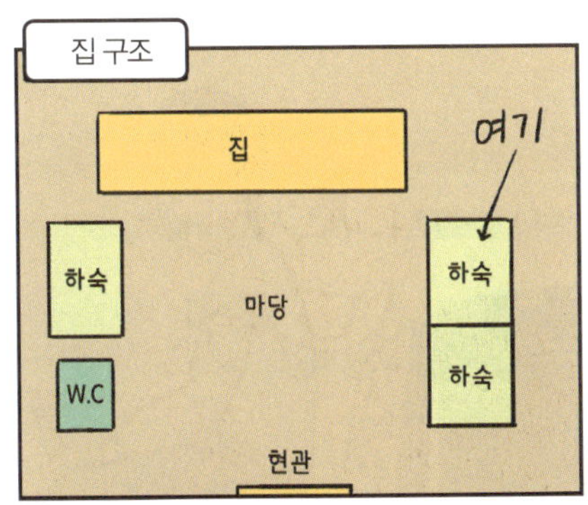

집 구조
집
여기
하숙
하숙
하숙
마당
W.C
현관

고 옆이 내 방이고.
밥 안 먹었지? 라면 괜찮아?
평 하
아, 저 괜찮은데…

후루룩

후루루룩
평

아, 그러고 보니
내 소개를 안 했네.
난 '진기한'이다.
그냥 '진 형'
이라고 불러.

저… 주인 아저씨는…

낮엔 다들 일하러
가서 아무도 없어!
주인집 애들도
학교 가고…

아~ 그렇군요…

으아… 어색하다… 무슨 말을 해야 하나…

하면된다

흘끔
9급완전정복

공무원 준비하세요?
어, 뭐 그럭저럭.

잘 먹었습니다!
설거지는 제가…
에헤이~
놔둬 놔둬!

오늘 처음 온 손님이
무슨 설거지야~
담배나 있음 한 대 줘~

대학생이야?
예.
평화

진기한은 내가 본 인간 중
최강의 노안이었다.

앞으로 일 년 동안 살아야 할 내 방이다.

아!
장선재 아저씨?

저기, 아저씨는 아닌데…

전 '한수자'예요!
말하자면 이 집의 실질적인
관리인이랄까나…

아, 그래서 여기가
수자네 하숙집이었구나!
모쪼록 잘 부탁해…

팟

저희 하숙집에는 세 가지 규칙이 있어요.

첫째, 허락 없이 다른
사람을 들이면 안 된다.
둘째, 아침 식사는 다 같이!

셋째가 제일 중요해요.
마당의 기계에 대해 하숙집 사람 외에는 절대 발설하지 말 것!

벙…

이거 다 진짜야?
네
끄덕
끄덕

아니… 규칙 지키는 거야 어려운 건 아닌데… 도대체 저게 뭔데?

후

그냥 그런 게 있어요~ 모르셔도 되는 거! 그럼 쉬세요~!

드르륵
탁!

평화

미치겠다~ 진짜로. 저게 뭔데 그러는 거야?
말했잖아요. 아저씨가 만날 뚝딱거린다고. 그 뭐라더라?

무한동력기관 이라나 뭐래나…

무한동력기관?
발전기 같은 건가?

글쎄요…
띵화

띵화

재는 누구야?
수자 동생 수동이예요.
평화

사춘기예요. 낯 엄청
가려요. 말도 없고.
드르륵
탁!

평화
어슬렁

헉
헉
헉
헉
헉

이 집 개야? 하하
되게 못생겼다.
네.
평화

이유는 잘
모르겠지만
이름이
난봉이예요.
다들 그렇게
부르더라고요.
평화

악..
탁
탁
탁

이유를 모르겠다고…?

파직

파지직
파지직

파지직
파지직

파지직
으… 음…?

파직

드르륵

파직

아… 저 분이 주인 아저씨구나… 기한이 말이 진짜였네…

휘유~
달깍

12-14 조합렌치 좀 주련.

옳~지, 착하다!

이런… 이건 14-16 이잖니. 아직은 더 훈련해야겠구나.

이게 12-14 같은데요.
고맙… 헉! 자넨 누군가?

오늘 들어온 장선재라고 합니다. 진기한 옆 방예요…
아! 그게 오늘이었군. 내가 깜빡했지 뭔가.

용접하는 소리 때문에 깼나보군. 이거 미안하게 됐구먼…
↑ 침자국
아, 아닙니다! 저도 잠이 안 와서 뒤척이고 있었어요.

무한동력 영구기관
이라고 한다네.

아저씨의 목소리에는
왠지 모를 쓸쓸함이 묻어났다.

건넛방 하숙생이구나!

수자네 하숙집에 온 지 사흘이 지났다.

이 집의 두 번째 규칙인
〈아침식사는 다같이〉에 따라
아침식사는 유일하게
이 집의 모든 구성원을
볼 수 있는 시간이다.

이 분은 한원식 아저씨.
작은 철물점을 운영하시고…
마당에 무한동력 기계를
만들고 계신… 아직은
잘 알 수 없는 분이다.

얘는 큰 딸 한수자. 고3.
이 집의 실질적인 관리인.
기한 오빠!
방세 좀 빨리
빨리 내요!
방 뺀다?

이 친구는 하숙생 진기한.
내 옆방을 쓰고 있다.
아하하하!
수자야, 공부
하느라 힘들지?
공무원 시험을
준비중이라고 한다.
평화

수자 동생 한수동.
사흘째 한 마디도 못 나눠봤다.
고1… 사춘기라고 한다.

김솔. 건넛방에 사는
나와 동갑내기 아가씨.
국이 짜잖아…
네일 아티스트라고 한다.

그리고 나.
민국 대학교
경영학과 4학년
장선재!
솔직히
짜다

신입 왔는데
환영회 안 해요?
주말에 다들
바쁘신가?

아니, 저, 굳이
그런 거 안 하셔도…

에헤이~ 넌 가만 있고.
아저씨! 한잔 하셔야죠?
내 환영회라며!
게다가 말을 놨다?

저흰 미성년자라구요!
그럼 넌
환타 마시고

에이~ 그래도 할 거 다 하면서…
수동이도 저번에 보니까…
풉

너 뭔짓 했냐?
······

에헤이~ 뭐 공부하다
힘들면 담배도 한 대 피고
그러는 거지 뭐.
헐~ 쬐그만게!

아무튼 이번 주말에
장선재 환영회
하는 겁니다?
콜?

콜

저 이번 주 일요일에 공무원 시험인데요…
평화

어차피 떨어질 거 그냥 마시자규~
평화
이번엔 붙습니다. 공부를 많이 했거든요.

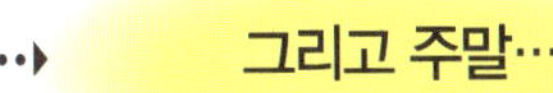

그리고 주말…

캬

평화

기한 오빠! 내일 시험인데 작작 좀 마셔요.
오늘따라 이상하게 맥주가 시원한데?
평화

저, 환영회요 …이런 거 꼭 쓰고 있어야만 하나요?

…라고 말하고 싶은 1인

진기한은 다음 시험을
기약해야만 했다.

하숙집 사람들의 패턴을 발견했다.

…하는 꼴을 못 봤다.

와, 진짜 절묘한 게 공부 계속하고 있다가 잠깐 머리 식힐 때만 형이 온다니깐요?

히야~ 손이 안 보이네. 스타로 공무원 뽑으면 바로 행정관이다.
이 정도는 해줘야 배틀넷 좀 한다는 소리 듣거든요~
타닷닷!

?!
우우우웅....

뭐… 뭐지?! 형도 지금 소리랑 진동 느꼈죠?
마당 같은데!
나가보자!

웅…
웅…

칙
웅
웅…
치이익
윙

우으옹…

우와!
작동한다!
저도 움직이는 건
처음 봐요!

쉿

슥

웅…

전류가 발생한다면
목마의 눈에
불이 들어오게 돼있네…
우웅…

어어…?

들어왔다!

아~~~~

아~~~
꺼졌다…

웅…

아… 멈췄어요…
잠깐 들어왔는데!
평화

한울 고등학교

3 - 1
물리 수업 시간

자자~ 다들 34쪽 펴고~
오늘은 열역학 법칙을 배워볼 차례구나.

열역학 제1법칙이
뭔지 아는 사람?

수자가 말해볼까?

에너지 보존의
법칙입니다.

얼~좀 하는데~

오오! 수자가 요즘 공부 열심히 하는구나!
그래, 설명도 할 수 있겠지?

음… 그러니까…
에너지가
변환할 때…
에너지의 양은…
음… 변화가
없다는…

맞나…?

잘 알고 있구나!
수자 말대로
에너지 보존 법칙은,
자… 이렇게
기체가 있어.

여기에 열을 가하면 내부 에너지가 증가되면서…
내부에너지
열

부피가 커지겠지? 외부에 일을 한거야.
일
내부에너지
열

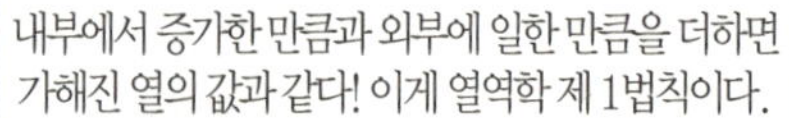

내부에서 증가한 만큼과 외부에 일한 만큼을 더하면 가해진 열의 값과 같다! 이게 열역학 제 1법칙이다.

쉽지?
어려워…

음, 그러니까… 에너지라는 것은 바뀔 뿐이지
저절로 생기거나 소멸하지 않는 다는 말이지.
일
내부에너지
열

만약 에너지가 저절로 생긴다면

무한동력이게?
!

무한동력 장치의 특허를 신청하는 사람이 1년에도 수십 명이래.
특 허 청
Korean Intellectual Property Office

대부분 열역학의 기초도 모르는 개인 발명가들이거나…
일
내부에너지
열

사기꾼들이지.

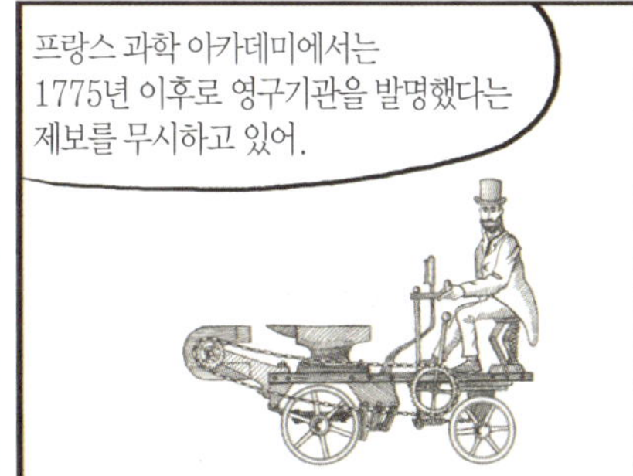

프랑스 과학 아카데미에서는
1775년 이후로 영구기관을 발명했다는
제보를 무시하고 있어.

딩동댕동~♪
자, 오늘 수업 끝!
점심 맛있게들 먹고!
다음 시간엔
제 2법칙에
대해 배운다!

수자야! 식당 고고씽!
빨리 줄 서야 돼!

왠지 오늘은 입맛이 없네…
난 괜찮으니까 가서 먹어…

짜식~ 날씬한 주제에
다이어트까지 하냐?
알았어, 먹고 온다?
끄덕

사기꾼…?
말이 너무
심하잖아…

철물 공구

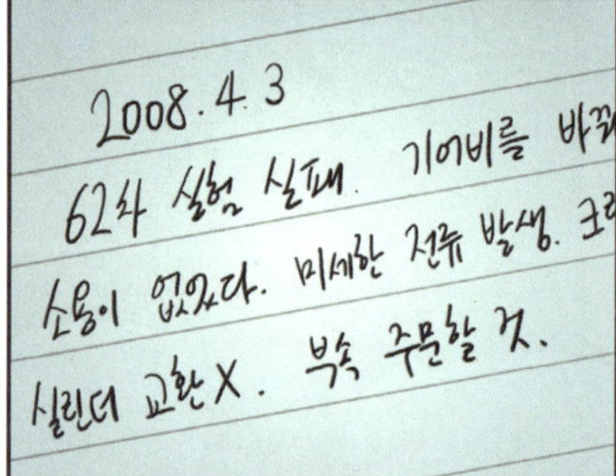
2008. 4. 3
62차 실험 실패. 기어비를 바꿔
소용이 없었다. 미세한 전류 발생. 코리
실린더 교환X. 부속 주문할 것.

제작일지
부속리스트
제작일지
일지
제작일지
영구기관
제작일지
제작일지
연구

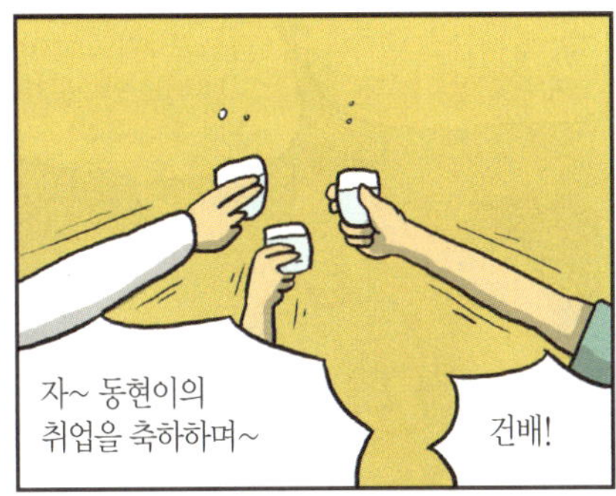

과 동기가 금융권 대기업 전반기
공채에 합격했다…

이 친구는 작년 하반기에 증권사에 취업한 동기.
어딜 가나 연봉 타령이다.

저번에 말한 그 여직원 소개팅도 잊지 마라!
와~ 기억력도 좋아! 그럼 너도 입사동기 중에 하나 해줘!

이 거리감은 뭐지…?

불과 어제까지만 해도 나와 다를 바 없던 동기가
나 죽는다! 힐 좀 줘! 힐!
야! 나도 마나 없어~ 물약 빨어 그냥~

하루 저녁 사이에 닿을 수 없는 곳으로 올라가 버린 기분이다…

들어갈 수 있겠어?
걱정마, 우린 택시 타면 돼.
선재, 너는?
아, 난 요 근처에 하숙하잖아.

붕…
TAXI

구토를 해서 나온 눈물인지
자격지심에 나온 눈물인지 나도 모르겠다…

난 지독한 소인배구나… 친구가 취업했으면
기뻐해줘야지, 지금 이게 뭐야?

어휴~ 너였냐?
완전 진탕
마셨구만…

어… 김솔…
이제 퇴근하냐…

너 울었냐?
뭐 안 좋은 일 있어?
하긴 이런 동네에 살면서
뭐 좋은 일 있겠냐만은…

아…
인생
고달프다…

김솔, 넌 또 왜?

깔끔하게 치맥 먹고 들어가자.
치맥…?
치킨에 맥주! 내가 쏠게!

나 방금 오바이트 해서 좀 힘든데…
무슨 남자가!
그럴 땐 맥주로 입가심 해줘야 돼!

설촌치킨
HOF

진짜 힘들어서 일 못 해먹겠다…
무슨 일? 네일아트?

내가 뭘 알겠냐마는… 뭐 서비스직이 다 그런 거 아닌가?
진상 피우는 손님들도 많고…

진상 손님? 그런 건 이제 별 신경 안 쓰이는데…

너, 네일아트 본 적 있냐?
음… 잘 모르겠네. 제대로 본 적은 없어.

그래… 어쩌면 남자들은 잘 모르는 게 당연하지…
손톱에 그림 그려 주는 거야.

판박이 같은…
만날 똑같은 그림들…

알록달록한 패턴들 말이지…

짜증나!
쾅

…흠

아니 뭐, 내가 잘은 모르지만
사람들이 그런 걸 원하니까 그렇게 그려주는 거 아냐?

내가 그것 때문에 미치겠는 거야…
이런 천편일률적인 그림들 말고…
난 나만의 예술세계를 표현하고 싶은데…

그럼 표현하면 되잖아…?

너 같이 남의 일은 쉽게 말하는 녀석들이 있지…!
누가 그걸 모르냐?!
사람들이 이해를 못 하니까 그렇지…

자, 봐봐.

이게 뭘로 보이냐…?

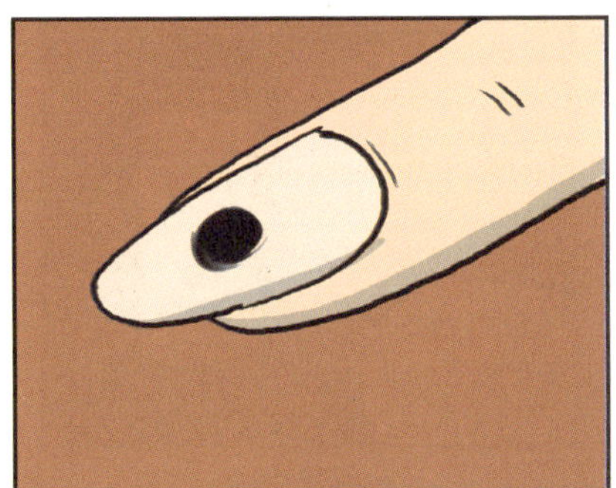

…점?
에휴~
너도 똑같구나!
이건…

우주야…
어딜 봐서?!

그럼 이건 뭐 같아?

아까랑 다르기는
한 거야…?
…구멍…?

야이 멍충아,
구멍을 보지 말고
구멍 안의 무한한
세계를 보란 말야!

뭐지…
이 병맛은…

김솔… 넌 손님들한테도
이렇게 그려준 거야?

대중의 수준을
과대평가한 게
실수였지…

어째서 손톱에
우주 삼라만상을
담아줬는데

김솔, 너…

매니저를 불러달라고 하는지…

4차원이구나…?

꽈릉

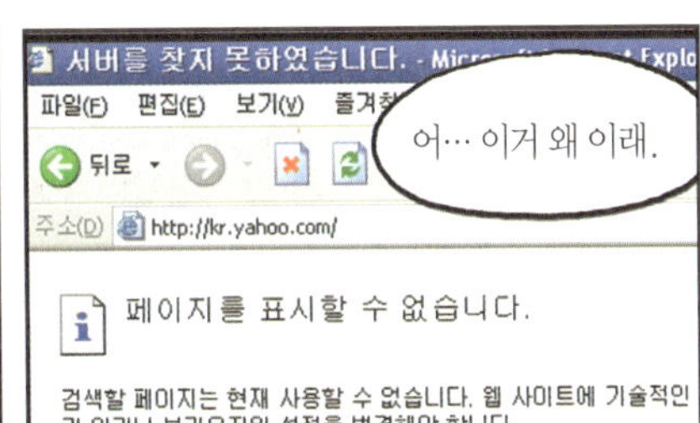

서버를 찾지 못하였습니다. - Micro ft   t Explo
파일(F)   편집(E)   보기(V)   즐겨찾
뒤로
주소(D)   http://kr.yahoo.com/
페이지를 표시할 수 없습니다.
검색할 페이지는 현재 사용할 수 없습니다. 웹 사이트에 기술적인
가 있거나 브라우저의 설정을 변경해야 합니다.
다음을 시도해 보십시오.
어… 이거 왜 이래.

기한아, 너 인터넷 되나?
아놔 망했어요~
앞마당까지
밀고 들어갔는데
디스커넥트…

번개 쳐서
인터넷 선이
맞이 간 것
같은데요.
평화

아오 어떡하지… 오늘까지 중간고사
레포트 자료 검색해놔야 되는데…

따르릉

여보세요~
여보세…
수자야?

기한 오빠! 미안한데 창문들 좀
닫아줘요. 비 들어가니까…

어, 알았어.
근데 수자야!
번개 쳐서
인터넷
끊어졌는데
이거 어떻게
한다냐?

그건 아저씨한테
물어보라는데요?
음.
평화

철물 공구
싸아아…

내 방 책상 위에
하이텔 단말기가
있으니까 급한 대로
그걸 쓰지 그래…
그건 전화선이니
괜찮을 거라네…

에이, 아저씨 방에
내가 어떻게 들어가.
괜찮아요!
저도 예전에
몇 번 써봤어요.

싸아아…

드르륵

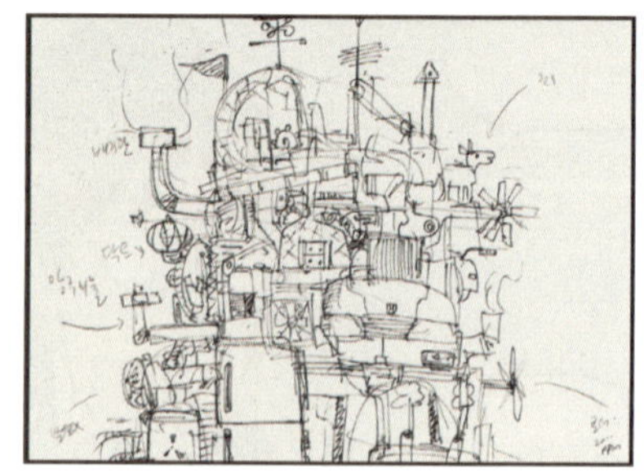

여기가…

수자 어머니…? 미인이시다…!

그나저나… 하이텔 단말기는 어떻게 쓰는 건지…

노트북 비스무레 생기긴 했는데…

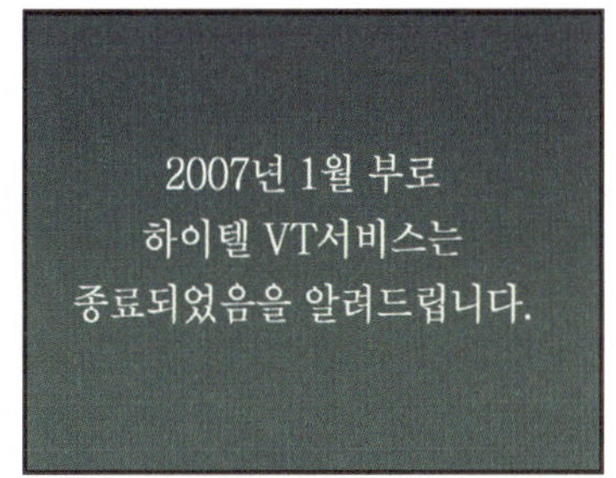

젠장…

이건 뭐지…

21세기 초고속 인터넷 시대에
전화망을 이용한 사설 BBS가 존재한다…?

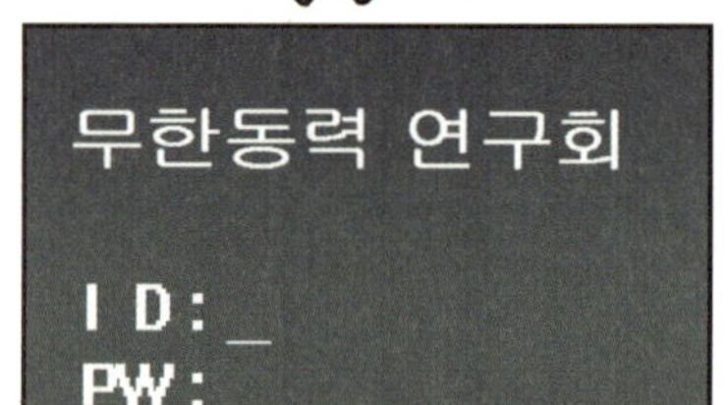

!!

로그인 해볼까…?

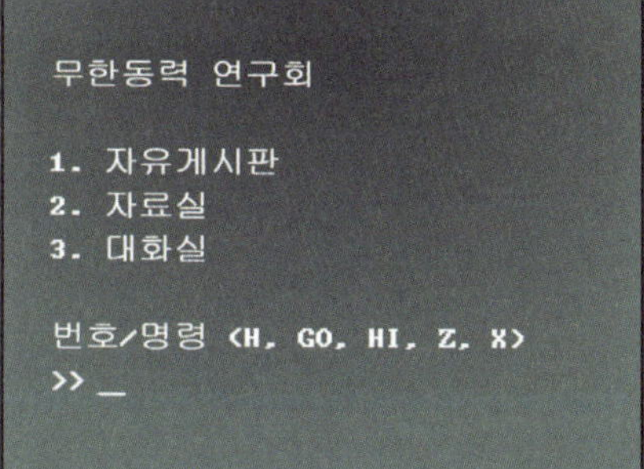

게시판의 글들은 하나같이 [섹터] 라는
말머리와 함께 실험을 언급하고 있었다.

번호	이름	ID	제목
657	이종준	nemo	[섹터7] 정팅 몇시에요
656	이종준	nemo	[섹터7] 날씨가 참 좋고
655	김자홍	wow70	[섹터8] 9섹터 화이팅!
654	김동현	newright	[섹터2] 초전도체는?
653	이종준	nemo	[섹터7] 새로운 방식으
652	이종준	nemo	[섹터7] 섹터9 화이팅
651	고필헌	megask	[섹터3] 9섹터지기님 호
650	강도영	kangfull	[섹터4] 힘내세요!
649	한원식	infinite	[섹터9] 62차 실험 실ㅍ

톡!

한원식 infinite   [섹터9] 62차

아저씨가 쓴 글이다…!

제 목 : [섹터9] 62차 실험 실패
보낸이 : 한원식<infitite> 2008-05-04 조회:8

섹터9 섹터지기입니다…
62차 실험도 애석하게 실패로 돌아갔습니다.
미세한 전류는 발생하였으나
엔진이 4분만에 꺼졌습니다.
불완전한 연소가 계속 되고 있습니다∕

그럼 섹터9이라 함은…

게다가…

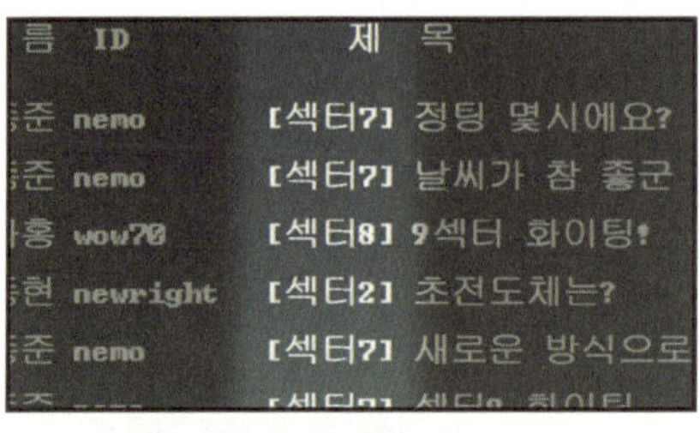

아저씨 같은 사람들이 더 있다…?

나는 아저씨가 좀 특이하신 분,
괴짜라고는 생각하고 있었다.

자기 집 마당에 그런 괴물을
만드는 사람이 흔치는 않으니까.

하지만 오늘
다른 무한동력 연구자들이 존재하고
원시적인 전화망을 이용한
사설 BBS에 커뮤니티가
존재한다는 사실도 알게 됐다.

그들은 자신의 실험실을
[섹터]라고 부르며

수자네 하숙집은 [섹터9]라고 부른다…

더 알고 싶어진다…!

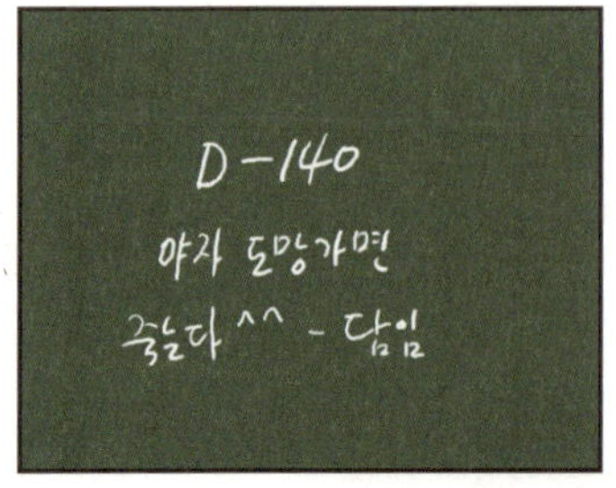

한수자
수능 D-140
D-140
야자 도망가면
죽는다 ^^ - 담임

수자야… 나 대학
갈 수 있을까…?
음?

다섯 달도 안 남았는데
왜 이렇게 만화책은
재미있는 걸까?
왜 이렇게 잠은
잘 오는 걸까?
수자 넌 안 그래?

에이~ 왜~
다들 그렇지.
아직 실감이 안나.
140일이 얼마나
남은 건지…

수자 넌 좋겠다.
공부 잘해서…
나 진짜 대학 못 가면
어떡하지? 죽을까?

허어~ 무슨 소릴…
너 대학 갈 수 있거든요?
내년 이맘때는 지금 이렇게
찌질대던 거 기억도 못 하고
소개팅 하실 거거든요?

소개팅…?

장선재 졸업 D-230

한 게 뭐 있다고?!

2학기부터는
입사원서를 넣어야 한다!
DH 무척증권

정말 한 게 뭐가 있지…

굳어버린 머리로
레포트 쓰고
시험 보고 하다 보니
석달이 훌렁 지나갔다…

난봉이   D-22
헉
헉
헉
휙
휙
휙

그런데 왜 실감이 안 나지…?

나 졸업반 맞아…?

6月
7月

19 초복

6月
7月

아저씨 D-1

슥
슥

탁

수자야, 내일
토요일인데 뭐해?
옷 사러 같이 갈까?

내일은 할 일이 있어…
다음에 갈게.

수자엄마 신위

한수동…
엄마 제삿날인데
전화기를 꺼놔?
아오~ 죽었어!
전화기가 꺼져있어
음성사서함으로 ……

아홉시가 넘었는데
도대체 어디 간거야…
분명히 오늘 일찍
오라고 했는데.

우리끼리
먼저 하자꾸나…
수동이 없이요?
흐음…

세 번에 나누어서…
조금씩…
꼬르

여자는 절 네 번…
두 번 더…
예? 여자는 왜
따블이에요?

…이지만 그냥
간소하게 하자꾸나.
우와~
남녀차별이다!

그럼 이제 잠시 불을
끄고 나가 있자.
왜요?

그래야 엄마가 조용하게
식사를 할 것 아니니.
뭐가 보여야
먹을 텐데…

벌써 5년이 넘었구나…
중학교 2학년
때였으니까…
5년 됐죠.

그나저나 수동이 이 자식은 도대체 어디 있는 거야…
들어오기만 해봐…

철컹

한수동?!

선잽니다~
솔입니다~

뭐에요, 왜 같이 들어와요? 둘이 사귀어요? 얼~

선재가 나한테 관심 있나봐.
뭔 소리야! 그냥 오다가 만났어!

저녁들은 먹고 들어오는 건가? 저녁 안 했으면 제삿밥 같이 들지…

저도요!
그래 기한군도…
평화
꼬르륵

한수동! 지금 몇 시야!

엄마가 좋아하는 자두맛 사탕.
동네엔 없어서 버스 타고 마트 가서 사오느라고…

어… 얼렁 씻고 밥 먹어!

이따가 이빨 꼭 닦고 자라…

여름 방학…
남들은 피서다 뭐다 해서 들떠있지만

선재 형!
어디 놀러
안 가요?
시원하게
동남아 한번
가셔야죠!

졸업반인 나에게 방학은 아무 의미가 없다.
계절학기
수강신청서
담당교수 이종수
동남아 같은
소리 하네!
놀러가긴…
이거 안 보이냐!

으하하, 형도
학점 모자라요?
간당간당해~
죽겠다, 아주.

그러게 1, 2학년 때
공부 좀 하지 그랬어요.
야 이 좌식아.
넌 했냐~?

형, 요즘 1학년 애들은요.
진짜 무섭게 공부해요~
우리 때는 뭐, 만날 술판에
농활에… 재밌었는데.

1학년 때로 돌아가면 소원이 없겠다.
진짜 공부 빡세게 할거야.
토익도 조낸 파는 거다!

형, 근데…
1학년으로 돌아가면…

…군대 다시 가야 되는데?
젠장, 급취소다.

에휴, 진작에 공무원이나 준비할 걸 그랬나봐요~
요즘 무슨 통계 보니까 배우자 1순위가 공무원이던데.

공무원…
하긴 내 주변에도 공무원 준비하는 친구 한 놈 있긴 한데…
공부 드럽게 안 하던데…

엣취

개도 안 걸린다는 여름감기?
훌쩍

?
주르르

한 명밖에 없어요? 내 주위엔 죄다 공무원 한다고 난리도 아닌데…

음, 근데 말야… 진짜 꼭 하고 싶어서 한다기보다는 그냥 남들 하니까 하는 사람도 많을 거야.
내가 아는 놈은 정말 설렁설렁이거든…

제기랄. 이거 말을 해놓고 보니…
누워서 침을 뱉은 것 같다.

현실은 시궁창	교수명	성적
2	강효경	B0
2	이 철	C+
1	송인범	C0
2	이부용	A0
2	석정5	
3	이승	

아 쪽팔려

내년 이맘때도 후줄근한 티셔츠 입고
캠퍼스를 배회할 순 없다…

동기들 취업하는거 지켜보면서
손가락만 빨고 앉아있을 순 없다…

반드시

정장 입고 만다.

2008년 서울특별시 지방공무원 임용 필기시험
시험장 (한울 고등학교)
2008. 7. 6 (일) 10:00~11:40

느낌 좋아…
시원하게 비도 내리고…

훗… 여기까지 와서 책을 들춰보는건 무의미하지…
진짜 고수들은 차분하게 릴렉스만 해준다고…

자, 이제 5분 남았으니까 화장실 가실 분은 빨리 갔다오세요.
시험 시작 후엔 화장실 못 갑니다.
응시 : 42
결시 : 3
10:00 ~ 11:40

자, 그럼 시작하죠. 책들 집어넣어주시고, 이어폰도 빼주세요.
응시표와 신분증 책상 위에 놓으시고…
응시 : 42
결시 : 3
10:00 ~ 11:40
사인펜 안 가져오신 분은 없으시겠죠?

시험 시작합니다.

이번 시험
생각보다
어렵네…

달달달달달달
달
달
제기랄! 20분 남았는데 저 놈의
다리 때문에 집중이 안 되잖아!

달달달달달

달
달
아… 엄청
신경 쓰여!

게다가 오줌이
너무 마렵다!

저… 선생…
아니, 감독관님!
잠시 화장실 좀
다녀오겠습니다!

아까 말씀 드렸죠.
안 됩니다.
응시 :
결시
10:00 ~

바… 방광이 폭발
일보직전인데요…
제… 제발…

정 그러시면 가셔도 되긴 되는데
재입실은 안 됩니다.
응시 :
시험 종료시까지 본부에서
대기하셔야 되는데…

하
아
…

감독관님… 그러면
시험장 밖으로 나가지만
않으면 되는 겁니까…?
예? …그렇죠.

졸졸졸

졸졸 졸 졸

마침 페트병이
있어서 다행이네요…
졸졸 졸 졸

뭐 저런 인간이
다 있어?!
와 폭포야
폭포…
촬촬촬촬촬

진기한 씨!
저거 시험 끝나고 꼭
가져가셔야 합니다!

다음날

?

여기 보리차 주인~?
없으면 나 마신다~

GG

Chapter
2
세상에 이럴 수가

세상에
이럴수가!

아참, 진기한!
너 시험은 잘 봤냐?

으하하!
그게, 사소한
문제가 좀
생겨서…
썩 좋지
않습니다.
평화

이 누나가 진짜 걱정이
돼서 하는 말인데…
아무리 봐도 넌 공부 체질이 아냐.
일찌감치 접고 기술 배워라, 응?

아니 뭐, 이제 준비한 지
2년째니깐요…
좀더 해봐야죠.
해온 게
아깝잖아요.
평화

프로게이머 해요~
만날 스타만 하니까~

아니, 아침부터 왜
저만 공격입니까!
여기 선재 형도 있는데…
난 왜 엮어…

선재는 알아서
잘하잖아~
어머!

와~ 편들어주고 막…
둘이 진짜 사귀는 거 아니에요?

선재가 여자 보는 눈은 좀 있어~
뭔 소리야. 저 4차원!

아참, 아빠.

어제 방송국에서 전화 왔어요.
〈세상에 이럴 수가〉 라는 프로에서요.

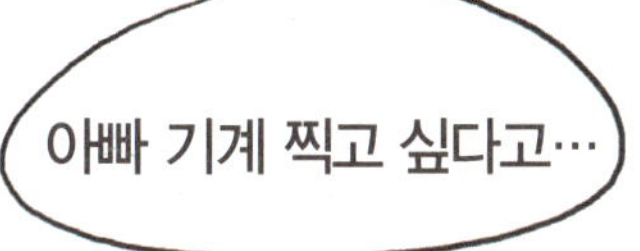

아빠 기계 찍고 싶다고…

우와! 진짜?

우와~ 이건 대박이에요!
꼭 찍어요! 아저씨, 네?

우물
우물

제 목 : [섹터9] 방송 출연 제의를 받았습니다
보낸이 : 한원식<infunite> 2008-07-11   조회:8

섹터9 섹터지기입니다.
YBC 방송국의 <세상에 이럴수가> 라는 프로그램(
무한동력 기관을 촬영하고 싶다는 연락을 받았습
회원님들의 고견은 어떠신지…

제 목 : [섹터7] 찬성!
보낸이 : 이종준<nemo> 2008-07-11   조회:3

무한동력 기관을 알릴

좋은 기회라고 생각됩니다 ^^

번호/명령 <H, GO, HI, Z, X>

>> _

제 목 : [섹터8] 음... 제 생각은 이렇습니다.
보낸이 : 김자홍<wow70> 2008-07-11   조회:2

자칫 왜곡보도 될까봐

염려스럽습니다만...

흥미로운 일이군요. 나쁘지 않은 것 같습니다.

제 목 : [섹터3] 축하드립니다!
보낸이 : 고필헌<megask> 2008-07-11   조회:4

이건 경사 아닌가요?

출연하세요!!!!

섹터9 화이팅!!!

촬영 날짜가 잡혔다.
사실 따지고 보면
나는 이 집에 하숙하고
있는 사람에 불과한데

왜 내가 다 설레지?

근데 설레는 건 나뿐만이 아닌 듯…
평화

야, 넌 머리 좀 잘라라.
얄팍한 콧수염도 좀 어떻게
싹 밀든가 하고!
TV에 나오는데 좀
깔끔해주면 안 되겠니?

제 머리가 어때서요! 그리고
제 콧수염보다는 선재 형
턱수염이 더 얄팍한데…
난 또 왜…

어휴~ 이 칙칙한 녀석들아~
그러니까 니들이 애인이 없는 거야~
지도 없으면서!

이참에 이 누나랑
미용실 같이 가서
머리 할래?
평화

니들끼리 가면 또 어버버 하다가
'그냥 알아서 잘라주세요~'
그럴 거잖아.
윽
분하지만
맞는 말…

그래… 잘 아는 미용실 있어?

이철 헤어

어떻게 해드릴까요?
음 그러니까…

얘는요.
읍

얼굴이 길고 볼살이 별로
없으니깐요, 빅뱅 탑 머리로
해주시고요.
빅뱅 탑이 뭐야?
사람 이름이야?

그리고 얘는…

짧게 잘라서
왁스 발라주세요.
유들유들해보이니까
좀 남자답게…
내가 그런
이미지였나…

탑 머리라니…
도대체 뭘까…

설   마?

에이~ 전역하고 반 년 동안
열심히 기른 건데… 아깝다…
사각 사각

자~ 머리 감겨드릴게요!
이쪽으로 오세요.

북작북작
헤어
쏴아~
위잉~
츄츄

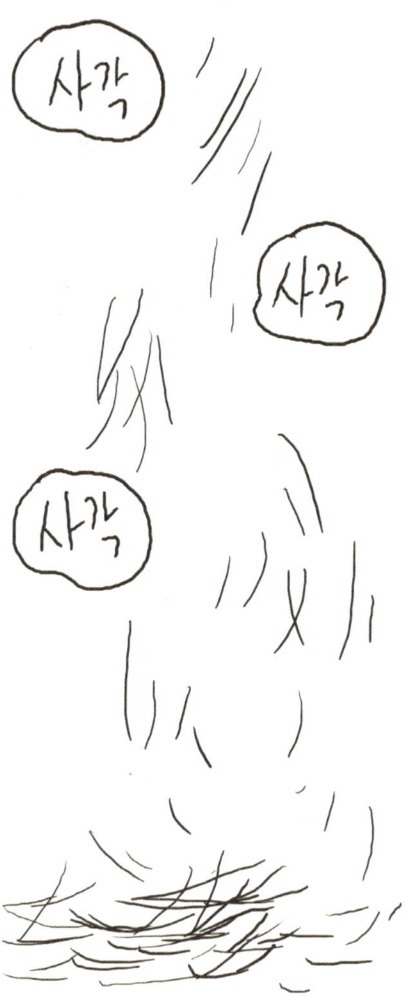

사각
사각
사각

오…

어이구야~
사람 됐네! 사람 됐어!
오 진짜 좀
괜찮은데?

저는 어떻습니까?

탑 머리가 이런 거군요…
*
샤라밤…

우와! 누군지
못 알아보겠어!
혁… 형도…!

야 이 좌식들아
사람 만들어주니까 좋냐?
이 은혜 어떻게
갚을거야?

헥헥

도대체 어디냐…
산 꼭대기에
특이한 구조물이
보인다던데요…

아‥

저~ 계십니까?

누구세요?

YBC 〈세상에 이럴 수가〉
에서 나왔습니다~!
우왘!

대박이다.
제대로 섭외했네요.

기계랑 집 경관 스케치부터 해.
나는 인터뷰 준비 좀 할게.
예.

안녕하십니까!
〈세상에 이럴 수가〉
윤종대 피디입니다.
올라오시느라
고생 많았습니다.

음, 우선 촬영 일정에 대해서
간략하게 설명을 드릴게요.

사흘 동안 찍을 건데,
선생님 인터뷰도 하고,
기계 설명도 해주시고,
가게도 좀 구경하고,
자제분들 인터뷰…

그리고 하숙집도 운영하고 계신다는데 하숙생들 인터뷰도 좀 딸 수 있을까요?
앗싸

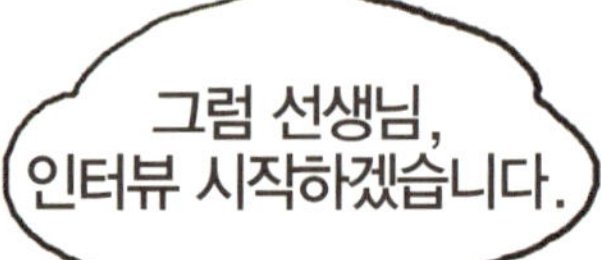

그럼 선생님, 인터뷰 시작하겠습니다.

카메라 보시지 말고, 저 보시면서 편하게 말씀하시면 됩니다.

흠
YBC

으하하~ 아저씨 살짝 긴장하셨네요.
나라면 오줌 지릴 듯…
쉿! 조용히 해요!

에… 첫 번째 질문은
마당의 기계는 무엇인가요?

무한동력 영구기관입니다.

무한동력 영구기관이란
어떤 것입니까?

한 번 돌리면 영원히 돌아가는 기계지요.
스스로 돌며 에너지를 만들어냅니다.

멍…

그게 가능한가요?

내가 했던 질문이야…

그게 가능한가요?

해보는 거지.

해보는 거야…
될 때까지…

그게 가능한가요?

……

아직까지는 성공하지
못했습니다.
시행착오를
겪는 중이지요.

무한동력 영구기관을 만들게 되신
특별한 계기가 있는지 궁금합니다.

요즘 기름값이 얼마
정도 하지요?

음… 경유가 리터당 거의
2천 원 가까이 하지요.

98년도엔 경유가 리터당
4백 원이었습니다.
10년 사이에
다섯 배가 올랐어요…

우리나라는 석유가
안 나오기 때문에…
모든 사람들이
석유 없이도
살 수 있는 세상을
만들고 싶었어요.

그래서 무한동력
영구기관을 만듭니다.

아…

제작 기간은 어느 정도 걸렸습니까?
제작비도 말씀해주실 수 있나요?

20년째
만들고 있어요…

헉. 20년.
하긴, 나 태어나기
전부터 있었어요.

제작비는 정확히
모르겠는데

1~2억은 족히
들어간 것 같습니다.

그 정도면 기계에 대한 애착이 남다를 것 같습니다.

가끔은…
살아있는 것 같아요.

그럴 때면 자다가도 일어나서 또 만들고…

밤마다 기계가 말을 걸어와요.
빨리 완성해달라고. 마음껏 돌아가고 싶다고.

맞아. 나 여기 들어온 첫날 밤에도 기계 만들고 계셨어…

파직

혹시 전기나 기계공학 전공하셨습니까?

아니오.
정규교육은 받지 못했습니다.

저, 사모님 인터뷰 좀 할 수 있을까요?

····
····
으…

집 사람은 5년 전에 사별했소.

아… 죄송합니다.
그럼 혹시 자제분은…

수자야!
너 인터뷰 하려나봐~
얼~
으아~

아아.
흠흠.

얼~ 수자 예쁘다~
한울 고 얼짱 한수자~
시끄러워욧—

자, 그럼 인터뷰 할게요.
아빠가 저런 기계
만드는 거 어때요?

음…

아휴~ 아빠가 옆에 있으니깐
말을 못 하겠어요.

저, 그럼 수자양이 편하게 얘기하게,
선생님께서 자리를 잠시만 비워주시면…

저 오빠들도 좀…
우린
왜?!

아… 쫓겨났다…
된다
도대체 무슨
얘기를 하려고…?

선생님! 오늘 촬영은 여기까지입니다.
우리는?!

내일은 선생님 가게하고 수자 양 학교를 촬영할 거구요.

…오늘 수고 많으셨습니다!
수고는… 피디님들이 수고했지요.

아… 갔다…
머리도 잘랐는데…

수자야, 인터뷰 때 무슨 얘기 했어?
방송으로 봐요~
평화

선배님, 어떤 것 같아요?
YBC

* 중세기 유럽에서 구리, 납 따위로 금 은 등의 귀금속을 만들고, 늙지 않고 오래 사는 약까지 만들려고 했던 화학 기술.

아저씨랑 수자만 인터뷰하고
우리는 꿔다놓은 보릿자루…
…면된다
평화

휴~ 다행이다.

내일도 촬영 오지?
나 내일을 위해 월차까지 썼다구!

응, 그런데…
상식적으로 굳이
우리를 찍을 이유가…

찍을 거라고~
그래

빨리 아이크림 바르고 자야지~
얼쑤

촬영 이틀째

철물 공구

작은 가게예요…
찍어갈 것도 없는데.
YBC

선생님, 철물점인데 물건이 없네요?
철물점이 아니고 서재 같아요.

여기에선 주로 연구를 해요.

그럼 이것들이 다…
그간 모아놓은 자료와
연구일지들이오.

선생님, 좀 봐도 될까요?
끄덕

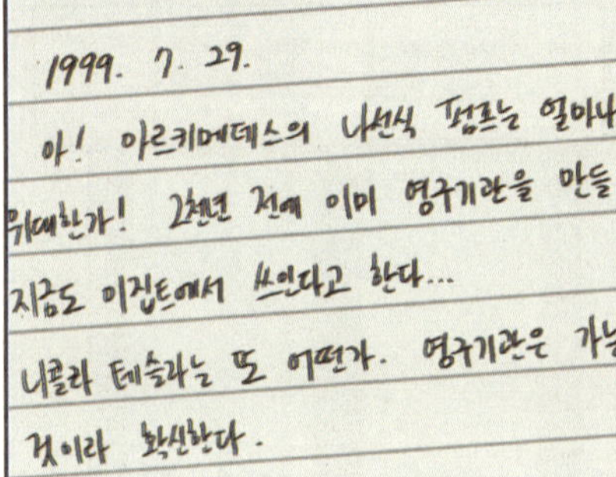

1999. 7. 29.
아! 아르키메데스의 나선식 펌프는 얼마나
위대한가! 2천년 전에 이미 양수기관을 만들
지금도 이집트에서 쓰인다고 한다…
니콜라 테슬라는 또 어떤가. 양수기관은 가능
것이라 확신한다.

이거 다 찍어.
네
YBC

선생님, 그럼 손님들이
물건 사러 오면…?

물건들은 피디님 발 아래에 있어요.
예?

어어~

승강기?!

우와… 선생님!
이 승강기는…

직접 만든 거예요.
계단으로 왔다
갔다 하려니
허리가 아파서.

지하 창고…!

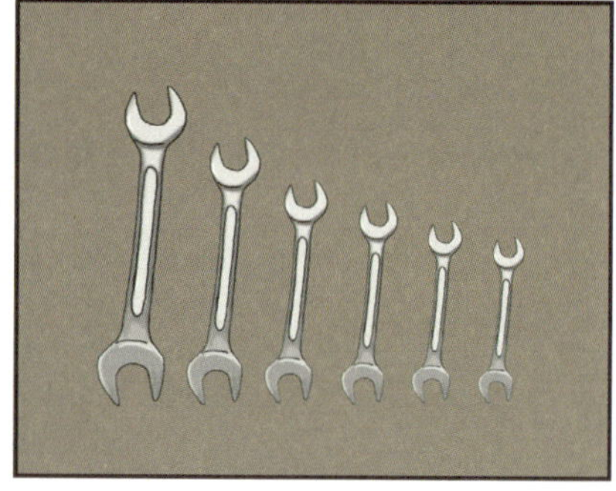

정말 꼼꼼하게 정리하셨네요…

선생님, 그럼 무한동력기관을 만드실 때
철물점을 운영하는 게 많은 도움이 되었겠네요?

순서가 바뀌었어요…
네?

철물점을 하는 게
무한동력기관에
도움이 된 게 아니고

무한동력 연구를 하다보니
철물점이 생겨버린 거요…
!

한여름 지하실인데도
습기가 거의 없네요.

오… 정말이네.
쇠붙이는 습기에
약해요.
YBC

웅
웅
웅
제습장치를
만들어 달았지요.

그럼 저것도 직접 만드신…?
끄덕

……
……
YBC

애들아…

촬영 왜 안 와?

여름방학이지만 보충수업이 한창이다.

한울 고등학교

선배, 그런데 수자 양
학교는 왜 찍어요?
주인공도 아닌데…
응?

얌마, 감 안 오냐?
이 집은 말이지~
수자 없으면
안 돌아가는 집이야…
YBC

아저씨 같이 어디 하나에 푹 빠져 있는
사람 치고 집안일에 마음 쓰는 사람 봤냐?
음, 그건 그렇죠.

게다가 어머니도 안 계셔,
하숙집도 운영해, 동생 챙겨야지,
거기에다가 고3이야…
수자야말로 '세상에
이럴 수가'라니깐!
YBC

3 - 1

얼~ 한수자!
한수

윙…
YBC

가장 좋아하는
과목이 뭐예요?

음… 국사요.

국사요? 왜요?
YBC

그냥, 재밌잖아요.
그런데 근현대사
비중이 너무 적어요.
아직도 친일파의
후예들이 판치고
있는데…

헉. 잠깐
끊어갈게요.
이건 편집이군…
그런데
시원하다.

수자 양, 물리나 과학 수업은 흥미 없어요?
그쪽이 아빠 하시는 일이랑 엮여서
더 이야기가 될 것 같은데…
YBC

물리요…?

무한동력 장치의 특허를 신청하는
사람이 1년에도 수십 명이래.
특 허 청

대부분 열역학의 기초도 모르는 개인 발명가들이거나…
내부에너지
일
열

사기꾼들이지.

그다지… 관심 없어요…
실은 선생이 싫은 거지만…

친구들 인터뷰 좀 할게요!
깡
저요 저요! 저 수자 짝이에요!

수자 짝꿍 김슬기입니다.
이거 뚱뚱하게 나오는 거 아니죠?

학교에서 수자는 어떤 친구예요?
YBC

수자는요, 착하고요, 공부도 잘하고요, 얼굴도 예쁘고요, 친구들한테 인기도 많고요, 마음씨도 고와요.
잘잘

왠지 짠 티가 확 나는데…
그럼 섭섭한 점은 없어요?

음… 섭섭한 거…
말 잘해라잉.

집에 못 놀러오게 하는 거…?

방송 나가면 그 까닭을 알게 될거야.

참, 동생도 이 학교 1학년이라고 들었는데…

1 - 3

없나…?
아, 수동이 누나다.
이쁘다.
쉿!

수동이 어디 갔어?
어, 아까까지 있었는데요…

남자화장실

아이 씨,
방송같은 걸 왜 해…?

마지막 촬영날

기가 막히네요…
이건 예술입니다…
동남 공대 양철모 교수

얼핏 보면 고철들을 쌓아놓은 것 같지만…

자세히 들여다보면… 기계 공학 원리들이 명쾌하게 구현되어있어요.
저도 놀랄 정도로 정교하기도 하고…

우오~
우와… 교수도 인정…?
평화

그럼 교수님, 이 기계로 무한동력을 얻는 것은 가능합니까?
YBC

불가능합니다.
무한동력은 없어요.

아, 그러니까 제 말은…

하지만 그렇다고 해서
무한동력이 가능한 건 아니죠.

안 되는건 안 되는 거니까요.

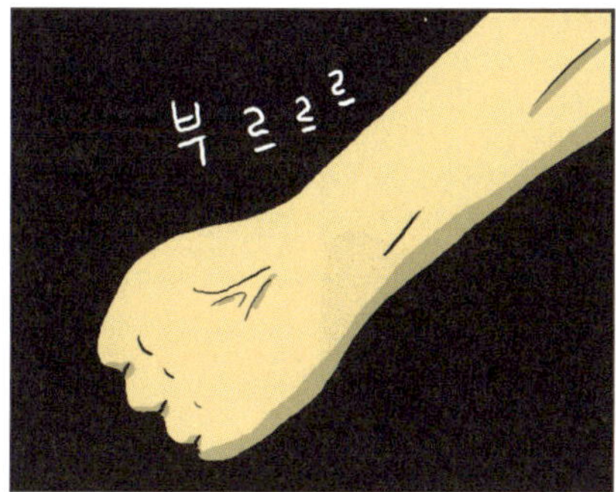

내가 왜…
화를 내고 있지?

내가 모욕을 당한 것도 아닌데…

촬영이 끝났다.
하숙생 인터뷰는 없었다…

아이씨~
매출 왜 이렇게 안 나온다니…
매니저 천혜정

이게 다 김솔 때문이다!
내가 뭐!?
우리 영업전략이 뭐야? 호기심에 온 손님들, 마음에 쏙 들게 해줘서 다음에 또 오게 하는 거 아냐~

근데 어째 너한테 손톱 받은 손님들은 마음에 스크래치만 입고 가는겨?
그냥 가면 양반이에요 환불도 해달래!
내가 누누히 얘기했잖냐… 나의 네일아트는 시대를 너무 앞서갔다고…

어익후. 그려셨쩨요.
그럼 한 20년만 뒤로 오면 안 되겠니?
친구로서 부탁이다.

아니, 아무리 친구지만 여기에서는
내 직원이니까 말 좀 들어!
버럭

아오…

이러니까 내가…
스트레스를 받겠냐
안 받겠냐?

받겠네…
그치?

친구가 사장이라니…
그것 참…

어린 나이에 어떻게
가게를 차렸대?

그야…

걔네 엄마가
차려준 거지.

백조로 있다가 집에서
가게 하나 열어줘서
사장 되고…
가게나
할까?
출발선이 달라.

넌 지금 일 하기 전엔
뭐했는데?

나? 학생이었쥐~

원래 웹디자인 전공이었어.
혜정-
솔♡
2002
월드컵

갑자기 아빠 사업이 망해가지고…
학교 때려쳤지 뭐~
그때부터 이일 저일 하다가…
혜정이 가게로 들어왔어.

지금도 빚 갚아나가고 있다!
으하하!

그렇구나…

밝아보이는 솔도
삶의 무게가 장난이 아니구나…

장선재 병장님.

며칠 남으셨습니까?
21일 남았다!
왜, 부럽냐?

아니, 부럽기보다도…
아쉽습니다.
장선재 병장님 안 계시면
저 군생활 어떻게 할지…

……
……

나 비누 한 번 주울까?

ㅋㅋㅋㅋㅋㅋㅋㅋㅋㅋ
ㅋㅋㅋㅋㅋㅋㅋㅋㅋㅋ
ㅋㅋㅋㅋㅋㅋ

아효…
전 이제 겨우
물상병인데…
깝깝~합니다.
군생활 어떻게
해야 됩니까?

군생활 뭐 별 거 있냐?
그냥 시키는 대로
하다보면 전역이지…

장선재 병장님은
전역하고 계획이
어떻게 되십니까?

나? 복학해야지…
복학해서 장학금
좀 타봐야지!

오~ 공부 잘하셨나
본데 말입니다?
아니지!
조또 안 했지!

여기 있다 보니까
나가면 좀 잘해야겠다는
생각이 막 들지 않냐?
들지 말입니다.

입대 전에 왜 그렇게 놀았는지…

그렇다고 빡세게 논 것도 아냐.
그냥 만날 남자들끼리 술 처먹고…

전역하면 진짜 정신
차리고 잘 해보려고…

장학금도 좀 타보고,
효도 좀 해야지…
부럽습니다~

응
…….

메시지
선재야더운데공부
하느라힘들지
엄마가열무김치담
가다줄게
엄마

아, 무슨 김치야…

괜찮아요
안오셔도

아… 계절학기 수업
가야 되는데…

10분만 더 자자…

진짜 부럽습니다.
뭐가?

이제 엄마가 해주는
밥 드시지 않습니까.
푸하하!

너도 그렇게 될 거야…

으아~ 늦겠다!

한수자! 야자는?
도망가는 거야?
생리통이라고 해줘~

이런! 도망가는
건 한수자고
삥치는 사람은
나잖아, 젠장…!

pink nail

혜정아, 나 오늘
일찍 퇴근한다~
왜?

오늘 우리집이 TV에
나온단 말야!
보러 가야지~

아
그러세요?

여기도 TV 있잖아!
어디서 잔머리야!
아, 있었지
예리한 눈…

얼레…
벌써 시간이 이렇게…
TOEIC

이번 정류장은 민국 대학교 입니다.

어, 수동아!
선재 형…

학교 끝났어?
방송 보러 집에 가는구나?

그걸 뭐하러 봐요…

저 갈게요…
응? 집까지 아직 두 정거장 남았는데…
삑

어, 난봉아! 그동안 어딨었어?
왈

피서 갔다왔어? 말복 끝날 때까지 잠수 탄 거야?
휙휙

누나 지금 TV 봐야 되니깐 좀 이따 놀아줄게~ 알았지?

시작했어요?
아직 광고중이야.

어차피 손님도 없으니까 그냥 편하게 봐라…

그래.
그건 너무 편한데?!

세상에
이럴수가!

한 다~~!
평화

오늘 수자 TV 에
나온다던데 틀어볼까?
네

뭐야…
수자 괜히 도망갔네.

조용한 한울동에 희한한 집이 있다던데?
YBC

제보를 받고 출동한 제작진!
YBC
한눈에 봐도 범상치 않은 집이 있었다!

꺅~ 우리 집이다!

YBC
이것의 정체는?

뭐 그런 거 아니에요?
놀이기구 같은 거…
YBC

저거 그거 아니여?
그 뭐시기…
발동기 같은 거
있잖여~
YBC

UFO와 교신하기 위한 장치 같습니다.

가까이 가보는 제작진!
YBC

지붕을 훌쩍 넘긴 높이에 마당을 떡~하니 차지한 중량감!
YBC

어디에 쓰는 물건인지 도저히 감이 오지 않는다!
무엇에 쓰는 물건인고?

바로 그때!
YBC
괴물체의 제작자 등장!

이것은…
제가 20년째 연구중인 발명품입니다.

무한동력 영구기관이죠…
무한동력 영구기관?

20년째 한 우물만 파온 집념의 발명가 한원식 씨!
YBC

YBC
집념의 괴짜발명가 한원식

켁. 괴짜는 뭐야…
푸하하! 괴짜래!

무한동력 영구기관?
아니 아저씨,
그게 뭐예요~?
YBC
무한동력 영구기관이란?

한 번 돌리면 영원히 돌아가는 기계지요.
스스로 돌며 에너지를 만들어냅니다.

지나가는 사람도 놀랄만큼
엄청난 규모의 기계!
YBC
이걸 어떻게 만드셨대요?

혼자서 설계하고…
깎고, 용접하고…
그렇게 만들었습니다.
YBC
어떻게 만드셨어요?

기계의 규모로 보아서는
보통 재주로 만들기는
어려울 것 같은데~?
YBC

YBC
원래 설계 관련 일을 하시는 거예요?

전문가는 아니고…
좋아서 합니다.
YBC

좋아서 만드셨다는 이 기계!
그 크기는 무려 7미터!
YBC
7M
성인 남자 네명의 높이!

YBC
20t
무게는 20톤!
사용된 부품은 천 개가 넘는다!

YBC
원리를 설명해 주실 수 있나요?

에… 그러니까…

YBC

아따, 원리를 설명해주시는데
대체 무슨 말인지 어렵다 어려워~
YBC

악… 빨리감기로 처리했어…

…이런 원리로 설계된 기계입니다.
YBC

지금 기계를 한 번 작동
시켜볼 수 있을까요?
YBC

··아직은 불가능합니다.
완성된 게 아니에요.
90% 쯤 온 것 같습니다…
YBC

완성을 눈앞에 둔
무한동력 기관!
하지만 그 과정이
쉽지만은 않았다고!
YBC

헐…
진짜 수자네야?

백지상태에서
시작을 하려니…
처음에는 무게추도
써보고…
증기 기관도
이용해보고…
YBC

그렇게 만들고 부수기를 20년!
결국 현재의 기계까지
오게 되었다는데?
음…

YBC

미쳤다는 이야기를
제일 많이 들었지요…
정신이 나갔다…

네까짓 게 뭐
이런 걸 할 줄
알겠느냐…
YBC

포기하고 싶었던
적은 없으신지…
YBC

애비가
자식을
포기할 수
있겠소…?
YBC

쯧쯧, 진짜 자식들은
안 할 고생하고 있는디…
YBC
수자 수동이~?

철물 공구
YBC
발명을 하려면
일도 게을리 할 수 없다!
이 곳은 아저씨의
철물점!

아저씨의 철물점은
아저씨의 연구실이자~
YBC

동네 사랑방이기도!

우리는 한울동 맥가이버라고 불러~
YBC
맥 가 이 버 ?

뭐든 고장난 거 있으면 척척 고쳐부리니께 맥가이버지~
왜요?
인물도 좋잖여~

아저씨의 손재주 덕에 한울동 주민들은 고장 걱정은 끝!
YBC

수고비 받으셔야 되는 거 아니에요?
YBC

수고비 대신 동네 주민들이 주는 것은~
찐옥수수 찐고구마 요구르트!

저런 것도 안 받아요~ 그냥 우리가 고마우니까 두고 오는거지~

에이, 돈 좀 받지…

그날 저녁 아저씨의 집.
YBC

아빠~ 식사하세요~
YBC
딸 한수자(19)

으하하~
수자다!

하지만 도면 그리기에
열중인 아저씨!
YBC

아빠가 식사 안 하세요?
YBC

ㅋㅋㅋ
ㅋㅋㅋ
ㅋㅋ
마무리해야 드세요.
그만 좀 웃어요…

아빠가 기계 만드시는 거,
어떻게 생각해요?
YBC

……
YBC

싫었어요.
아니, 솔직히
지금도
싫긴 해요…

기계가 아빠한테
얼마나 소중한지는
저도 잘 알지만…

YBC

아빠랑 1분 이상
이야기를 해본 게
언제인지도
모르겠어요…
YBC

음…
아 민망해.
화

YBC

평소 아빠한테 하고 싶었던 말
있으면 하세요!
YBC

음… 아빠…
아, 어색하네…

기계…
빨리 완성했으면
좋겠어요…
YBC

그럼 저랑 수동이랑
나들이도 가고…
다른 평범한
가족들처럼…

음… 그리고…
……

에고, 못 하겠어요.
YBC

수자야…

아… 진짜 민망하다…

훌쩍

5년 전 어머니가 돌아가신
후부터 수자는 온갖
집안일을 도맡아 한다고…!
YBC

헉… 진짜야?
슬기야, 넌 알았냐?
나도 몰랐어…

수자는요, 착하고요, 공부도
잘하고요, 얼굴도 예쁘고요,
친구들한테 인기도 많고요,
마음씨도 고와요.
YBC
좔좔

슬기다-
으하하

저게 설마 나…?
설마
너야
슬기야.

으하하…
젠장! 뚱뚱하게
안 나온다며…
아혹..
속았다…

아저씨의
집념의 결정체
무한동력기관!
YBC
전문가의
의견을
들어보았다!

무한동력
가능한가?

무한동력은
불가능한 것입니다.
양철모 교수
동남공대 기계공학과

이 분 같은 경우에는…
전문적인 교육을 받지
않은 상태에서…

본인의 경험을 바탕으로
제작을 하고 계신데…
안 될겁니다.
안 되지…

하지만 이런 분들의
노력으로 현대 기계문명이
발전해왔다는 것은
분명한 사실이지요!

이건 멕이는 거야, 뭐야…
욕이여
칭찬이여?

아저씨!
그대로 꼭 완성해
주실 거죠~?

캠스PC방

방송 다음날 아침

다들 별 말이 없다.
우물
우물
이쯤에서 누가 방송 얘기 꺼낼 때가 됐는데…?

아! 수자 예쁘더라!
역시 진기한!
움찔

전 오늘 주번이라 일찍 좀 일어날게요~
음? 요즘도 주번이 있나? 학교 잘 가~

아저씨도 화면빨 잘 받으시던데요?

가게에서 봤거든요. 집념의 괴짜발명가라나?
〈괴짜〉에서 빵 터졌어요. 푸하하.

괴짜… 맞는 말이구만…

방송의 후폭풍이 생겼다.
아침을 먹고 학교에 가려는데…
오, 완전 가을 날씨네.

햐… 신기하네…
실제로 보니까 진짜 크다…!

우리 동네 명물이야, 명물!
구경 오는 사람들고 생기고

아저씨의 철물점에도 사람들이 줄을 이었다.
공구

역시 공중파 한 번 타니까 광고 효과 끝내주는구나…
맥가이버 아저씨 사인 좀 해줘요~

뭐, 공짜로 고치러 오는 사람들이 태반이지만…
나중에 들은 얘긴데 옆동네에서도 왔다고 한다.

수자는… 많이 민망한 듯…
아… 영상편지만 아니었어도!

수자야…
으… 응?

1학년 남자애들이
니 팬클럽 만들었대.
그게 뭐야!

그리고 난 어제
헬스 등록했어.
갑자기 왜?

정작 주인공인 아저씨만 하나도 변한 게 없다.

아참! 무한동력 연구회
사설BBS 반응은 어떨까?

너무나도 궁금한 나머지
오전 수업이 끝나자마자
피시방으로 달려왔다.
YAHOO!
이야기를 깔아야 하나?
아님 새롬 데이타맨?

전화를 걸고 있습니다....
0297675156....

떼‥‥뚝‥떠용떠용‥ 취‥‥
?
?

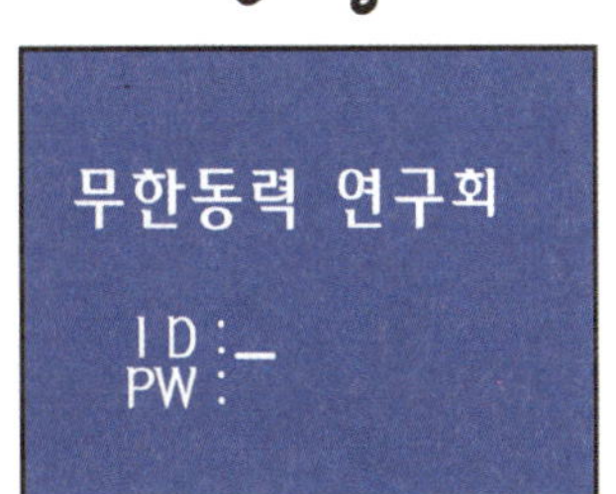
딩-동♪
무한동력 연구회
ID :_
PW :

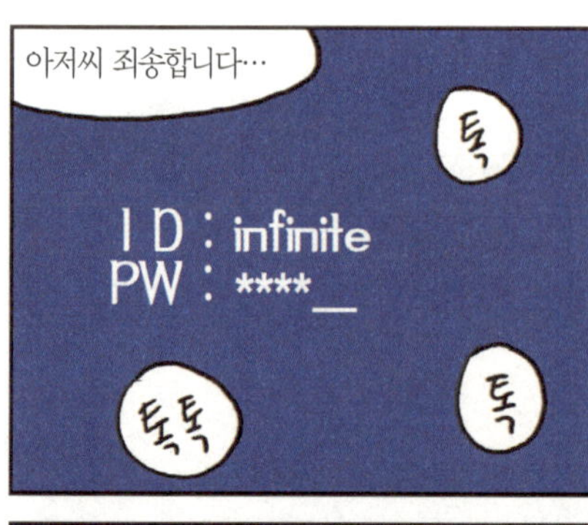

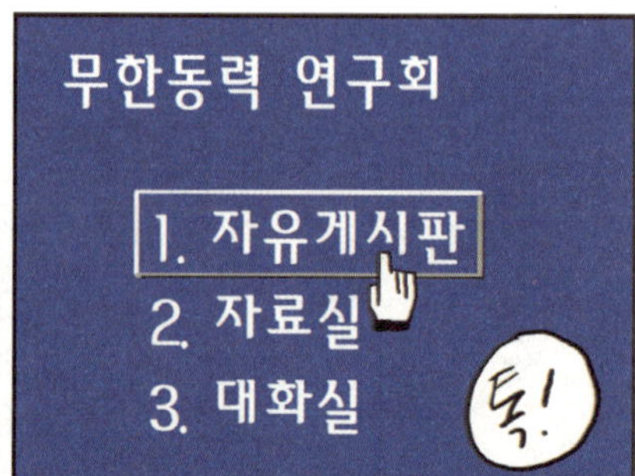

제 목 : [섹터3] ㅋㅋㅋㅋㅋㅋㅋㅋㅋㅋ
보낸이 : 지광민(tesla)　2008-09-02　조회수:12

아 옘병 ㅋㅋㅋㅋㅋㅋㅋ
존나 허접하네 ㅋㅋㅋㅋㅋ
무슨 고철 쌓아놓고 ㅋㅋㅋ
장난합니까_?
ㅋㅋㅋㅋㅋㅋㅋ

게시판은 온통
아저씨의 방송 얘기로
도배가 되어 있었다.

			제 목
777	지광민	tesla	[섹터3] ㅋㅋㅋㅋㅋㅋㅋ
776	고필현	megask	[섹터3] 생각보다 별로_
775	이종준	nemo	[섹터7] 역시 멋집니다!
774	김자홍	wow70	[섹터8] 흠_
773	조상원	sangbary	[섹터5] 멋지네요 ^^
772	신원정	beenu	[섹터6] 경의를 표합니다
771	김 진	kjin	[섹터11] 방송 감상 후기
770	이부용	gelboo	[섹터5] 아오~ 이게 뭐ㅇ

제 목 : [섹터7] 역시 멋집니다!
보낸이 : 이종준(nemo) 2008-09-02 조회수:5

9섹터지기님
존경합니다.
제가 지금껏 겪어왔던 좌절은
새발의 피라는걸 알았습니다
우리 꼭 무한동력기관 돌려버리자구요! ^^

제 목 : [섹터8] 흠…
보낸이 : 김자홍(wow70) 2008-09-02 조회수:17

방송을 보고 시청자들이 무슨 생각을 할지…
제 작품은 방송에서처럼 고철 뭉쳐놓은 것과는
많이 다릅니다.
실제로 원리에 대한 연구이기 때문에 작품이
그다지 복잡하지도 않습니다.

제 목 : [섹터5] 아오~ 이게
보낸이 : 이부용(gelboo) 2008

게이… 이왕 방송할거면 철물점 주인이 아닌…
철물점 주인이라는게 뭐 나쁜건 아니지만
생각보다 겉보기와 다른 사람들이라는 점을…
냉장고에 뭐 고철덩어리가 아닌 좀 세련된
장치들을 소개해주시는게 좋겠다고 생각합니다.

한원식 씨
계십니까~?

불쑥 찾아뵙게
됐습니다.
저는 조그만 사업을 하고
있는 '천광주'라고 합니다.

맨손으로 시작해서 지금은
직원 서른 명을 데리고 있지요.

단도직입적으로 말하겠습니다.
무한동력기관에 투자를 하고 싶습니다.

무슨 말씀이신지…

간단해요. 기계가 완성될 때까지
제가 연구비를 대겠습니다.

대신 완성이 되면 특허권을 저와 나누는 겁니다.
7 대 3. 제가 3입니다.

제의는 고마우나…
개인 투자는 받지 않습니다.

좋습니다. 8 대 2.

캬- 침묵이 제일 무섭다니깐요!
그럼 9 대 1로 합시다, 까짓거~

그게 아니라 투자는 받지 않습니다…
이건 연구지 사업이 아니오.

이보시오, 한 선생.

내가 무한동력 연구자를 만나는 게
이번이 처음이 아니에요.

99%는 그쪽에서 먼저 투자를
해달라고 부탁을 하더이다.
성공만 하면 돈방석에
앉을 수 있다면서…

그런데 죄다 사기꾼들이었소.

"완성이 코앞이다"라는 말만 되풀이
하며 연구비만 축냈단 말이오.

하지만 선생은 그런
놈들과는 다르지 않소!

앞서 말씀드렸지만 난 맨손으로
여기까지 온 사람이에요.

내 사람 보는 눈은 자신 있습니다.
확실하지 않으면 투자하지 않아요.

……

흠.

이거, 불쑥 찾아와서 혼자
너무 열을 낸 것 같소.
아닙니다.
괜찮습니다.

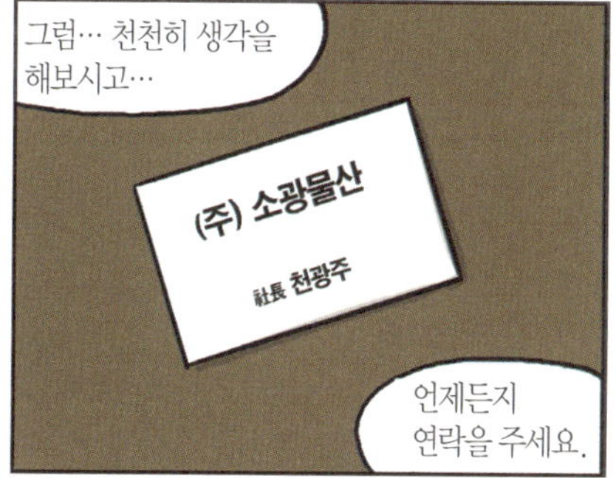
그럼… 천천히 생각을
해보시고…
(주) 소광물산
社長 천광주
언제든지
연락을 주세요.

살펴가십시오.
그럼…

아 참, 한 선생…

자식들 대학도 보내야
할 것 아니오…

철물 공구

물 공구
한 선생님?
계세요~?

그건 시작에 지나지
않았다.

특허 쪽에서
일하고 있습니다.
동업자를 찾고 있는데…
저랑 같이 일 한번
해보시겠습니까?

꼭 연락 주세요~

공구
여기가 한 선생
연구실 맞소이까?

역시 생각했던대로
영혼이 맑으신 분이군요.
맑은 기가
흐르고 있어요.

하지만 기계를 완성
하려면 하늘에 제사를
지내야 합니다.
인간의 힘만으론
무리지요.

허허허…

공구
한 선생님!
KILL

선생님의 무한동력이야말로
진정한 락 스피리트!
Rock
You!

기계 앞에서 게릴라 콘서트를
하고 싶습니다!
Rock
You!
뮤직비디오도 찍구요!

뻑~
KILL

한 선생님 계십니까?
공구

나 충무로 죠지 킴
이라는 사람인데

무한동력으로
영화 한 편 찍읍시다?

어허~나 죠지 킴이야!
충무로 죠지 킴!

철물 공구
계세요~?
교회 다니세요?
계세요?
아저씨~
한 선생님?
계세요?
한원식 씨~
좋은 정보 하나
가져왔습니다.
계십니까?
철물 공구
임시휴업
9.9 - 9.15

수자의 소원이 이루어졌다.

82년식 포니2!
터털털

아… 정말 수자네 하숙집에 살고 있노라면…
박물관 괜히 갔네
가끔은 타임머신을 탄 기분이 든다…

선재 형! 공부 잘 돼요?
아놔~ 글자가 왜 이리 안 들어오냐~

둘밖에 없는데 시원하게 쐬주 한 잔… 콜?
개콜!

안주는 새우깡밖에 없습니다요~
어우~ 그게 어디야! 요즘 과자값도 장난 아니야~

짠

야! 기한아~ 공부 좀 열심히 해라! 프로게이머냐?
맨날 스타만 해~ 껙.

아니… 진짜로…! 공부하고 있어요~
평화

남들 데이트 할 시간에! 네? 게임하는 건데 뭐 어때요~? 안 그래요 형?

그래서~ 다음 시험은 붙는거?
짠

꿀꺽
평화

크~~~ 그건 시험 봐야 알죠~~~
되겠죠 뭐~~~ 안 되면 또 보면 되는 거고~~
평화

으아~ 왜 다들 공무원에 목숨을 거는 거야~?
우리 기한이 좀 붙게 공무원 시험 좀 안 보면 안 되나~

형! 선재 형! 공무원도 소중한 꿈이에요~!
그리고 저는 가늘고 길~게 살고 싶어요~
평화

이왕이면 굵고 길게 살지 왜~?
대신 저는 똥이 굵고 길거든요~

으컥컥

뭐가 그렇게 재밌냐? 나도 좀 웃자!
어, 솔 왔어?
누나! 빨리 앉아요!

ㄹ

Chapter
3
자네는 꿈이 뭔가?

경기 침체 속에 20대 경제활동 참가율이 99년 이후 최저 수준으로 떨어졌습니다.

일자리를 찾지 못하고 취업준비를 하는 청년층이 늘어난 것이 원인으로 분석됩니다.

또 이러한 영향을 받아서인지 지난달 취업준비자는 60만명으로 1년 전보다 5만명 증가한 것으로 나타났습니다.

선재야~ 과일 챙겼냐? 배 상자가 안 보인다.
예, 트렁크에 실어놨어요.

빵빵
빵빵

이건 뭐 명절 때마다 니가 고생이구나.
힘들면 다음 휴게소에서 아빠랑 바꿔~
괜찮아요!

솔직히 이번 추석은 그다지 내려가고 싶은 마음이 안 든다.
왜냐하면…

선재네 왔구먼!

그려, 선재는 취업 준비는 잘 돼가는겨?
작은아버지

아하하… 예… 뭐 그럭저럭…

선재는 똘똘하니까 좋은데 들어갈거여~
그럼~ 나 닮아서 머리는 좋아~

참, 우리 어렸을 때 옆집 살던 진우 기억해요?
아 그놈! 기억나지, 그 코찔찔이…
큰고모

걔는 대학교 4년 내내 장학금 받고 다니다가
올해 초에 대기업 들어갔대요~
오~ 그래?

아, 그리고 희주 알죠? 걔는 이번에 임용고시 붙어서 어디 중학교 선생님 됐다 그러대요?
이야~ 그거 잘 됐구먼~

아니, 어째 뉴스에선 다들 일자리 없다고 난리던데
주변에서는 척척 붙었다는 소리만 들리는겨?
하하하하
할아버지

선재는 어디 갈 건지 정했어?
하하, 그게… 금융권 쪽으로…

이야~ 금융권! 남자라면 해볼 만하지.
얘 외삼촌이 예전에 대한은행 부행장까지 하셨잖아요~

아…
나 수자네 하숙집으로 돌아갈래…

거참 명절날 애한테 뭔 부담을 그렇게 주는겨?
어련히 알아서 하것지!
할머니

우리 선재 이렇게 군대도 갔다오고~ 건강하면 그걸로 된 거여.
그려 안 그려?
할머니…

역시 할머니가 최고야…

요새 만나는 처자는 있는겨?

에이~ 엄마두 참~ 일단 취업을 해야 여자를 만나죠~ 호호호~
막내고모

4시간 운전할 때보다 더 피로감이 몰려온다.

본격적으로 취업 시즌,
하반기 공채가 시작되었다!

……
……

참, 형 이력서
사진은 찍었어요?
아차!

아휴, 증명사진…
어딨더라? 몇 년 전에
찍어놓은 거 있었는데.

찾았다!
늘밝은 사진관

이게
누구지?

No. 155
장 선 재

안녕하십니까!
155번 장선재입니다!
장선재
푸ㅂ

이 사진은 아니다…
다시 찍어야겠다…
내가 왜
이랬지…

선재야? 뭐해?
뭐 보고 있어?
헉!

푸하하하하하~~
나 이 사진 주라!
우울할 때마다 보게.
싫어!
태울 거야…

새로 찍어야겠네.
너 정장은 있나?
아니…

면접도 보고 하려면
한 벌은 있어야
하는거 아닌가?
응, 그렇긴 한데…

얘기 들어보니까
요즘은 사진관 아저씨들이
포토샵으로 합성해서
정장 입혀주고 그런대!
그래? 면도는
꼭 하고 가라~

봉아사진관
인물합성
회갑
돌
백일
각종증명
흑백복원

아저씨 제가 정장 사진을
찍어야 되는데요…
오케바리
오케바리!
앉아요!

뭘로 입혀줘요?
아르마니?
폴스미스?
바바리?
말만 해요.

그…그냥…
버버리…
들어본 게 버버리
밖에 없구만…
오케바리~
카메라 보시고~

몸은 왼쪽으로 틀고…
고개는 정면 보시고…
오케바리~
자~ 찍습니다~

찰칵!

내일 오전에 찾으러 와요~
감사합니다!

사진은 해결됐고…
이력서? 쓰면 되고…
자소서*가 문제구만…
*자기소개서

다음날
봉아사진관
인물합성
회갑
돌
백일
각종증명
흑백복원

?!

한울 고등학교

수능 D-50
야자 튀면…

수자야, 나 내일
니네 집 놀러가도 돼?
응? 우리 집에?

이제 방송도 타고
숨길 것도 없잖아.
하긴…
그래, 놀러와~

자고 가도 돼?
나야 괜찮은데…
내 방 되게 좁다.

나 다이어트
하고 있다니까…
아, 아니 그게 아니라…
살 많이 빠졌네!
움찔

다음날

다녀왔습니다아~
헉!

실제로 보니까 장난 아니다…
진짜 커!

우아 아어?
(수자 왔어?)
치카치카
어슬렁

기한 오빠~
슬기 놀러 왔어요~
인사해~! 슬기야~

아… 안녕하세요…

잉우?
(친구?)
아오애어 아어오
(방송에서 봤어요)

애이애 오애오~
(재밌게 노세요~)

집 좁지?
아니! 좋은데?

수자야!
저 오빠 누구야?
응? 기한 오빠?
우리 집 하숙하는
오빤데…?

완전 내 스타일이야…
얼굴 길고 뿔테 안경…
여자친구 있어?

기한 오빠!
얘가 오빠… 읍!
죽인다!

뭐하는 오빠야?
고시생이야~
공무원 시험
준비하는…

헐~ 잘생긴 데다가
예비 공무원?
2년째 예비지만…
짱이다!

수자야~ 친구랑 밥은 먹고 온 거야?
짜장면 시켜먹을 건데 같이 시킬까?

짜장면 좋죠!
오빠가 쏠게.
난 간짜장…
평화

잘 먹겠습니다아~

후루루루루
맛있당.

어머, 너무 많다…
깨작 깨작
다 못 먹겠어…

탁.

어머…

탁
와작 와작
?

1982년 서울의 화목한 가정에서 태어난 저는 "항상 새로운 것에 도전하라"는 부모님의 가〔르침에〕 따라 저는 무슨 일이든 기본을 튼실히 다진 후〔에〕 새로운 일에 도전하기를 즐겼습니다.

도무지 쓸 게 없다.

답답한 마음에 인터넷에 올라와있는 다른 이들의 자소서를 들여다 보지만
에라이…
벌렁

전혀 다르게 살아온 삶이라 참고하기도 힘들었다…
휴~ 글빨이라도 있으면 글빨로 커버하겠는데…

파직

누가 자소서 좀 대신 써줬으면 좋겠다아~
파직

파지직

아저씨, 안 주무세요?

이거, 또 나 때문에
깼나 보구만…
금방 마무리하겠네.
아뇨아뇨!
그런 게
아니고요…

찌르르-
찌르르-

자기소개서라…
이 말이지?
네!

아저씨라면
어떻게 쓰실지
너무 궁금해요.

자네는 꿈이 뭔가?

네?

꿈이요?
… 솔직히 말씀드리면
금융권 대기업…
직원인데요…

후룩

아니, 그런 거 말고,
꿈 말이야…

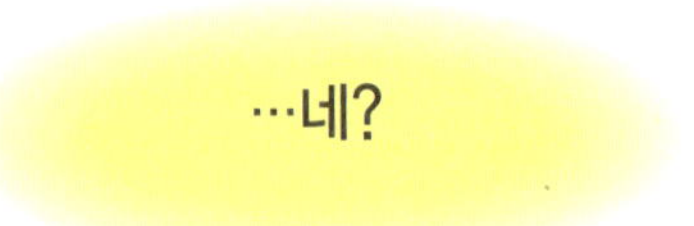

…네?

어떤 직업을 갖는 거…
그게 꿈일 수는
없지 않은가…

아니, 전…
그게 꿈인데요…

그럼 회사에 들어가면
자네의 꿈은
이루어지는 건가?

‥‥

그때 가면 다른 꿈이 또 생기겠죠…

그것 참 편하군… 내가 보기에 자네가 말한 그 꿈은 계획에 지나지 않네.
!

그리고 그 계획도 자네 스스로가 짠 게 아니지.

……

무슨 말씀이신지 감이 오네요…

어렸을 때 어른들이 그런 질문을 하지…

넌 이 다음에 커서 뭐가 되고 싶냐고…

그때 자네가 했던 대답이 대기업 직원은 분명 아니었을 거란 말야.

하하하, 그건 그렇죠! 9급 공무원도 분명 아니고요.

후비적

그런데…
꿈이 밥을
주진 않잖아요…

지금 자네에게 필요한 건
밥이 아니야.
NANBONG

죽기 직전에…

못 먹은 밥이
생각나겠는가,
아니면
못 이룬 꿈이
생각나겠는가?

앗, 벌써
시간이…
아저씨, 말씀
감사드려요!

찌르르ㅡ
찌르르르ㅡ

꿈이라…

이룰 꿈이란 게 특별히 없는데…
꿈이 꼭 있어야 하는 건가…?

설사 있다 하더라도…
아저씨처럼 불가능한
꿈을 꾸고 싶지는
않다구요…

옘병~ 모르겠다!
자자!
푹

선재는
꿈이
뭐야?

버스
운전사요!
왜?

가족들이
버스에 공짜로
타니까요!
하하하

다 태우고 여행
갈 거예요!

10월 3일
개천절

모처럼의 휴일…
해가 중천인데
집이 조용한 걸 보니

쿨쿨
평화
모두들 늦잠을
즐기나 보다.

아~ 심심해!
선재야 뭐해?
자소서 쓴다~

가게 안 나갔어?
우리 천 사장이 휴일은
칼 같이 쉬거든~

많이 썼어?
뭐, 그럭저럭…

어디 보자…

잘 쓴 것 같은데~?
너 글 잘 쓴다!

잘 썼……

…네.
조… 좀 고쳐야 돼!
뻘쭘

아참 선재야, 요 밑에 호떡집 상가 4층에…

넉 달에 10만 원짜리 헬스클럽 생긴 거 알아? 같이 다닐래?

헬스…? 음, 하긴 요즘 배가 좀 나오긴 했는데…
좀이라니…

얼~ 역시 역시 역시!

수자네 하숙집 커플 1호인가요…
그럼 저한테 쏘는 게 인지상정!

에잇! 받아라 악성루머 수자!
켁
탱!

선재 오빠~
밥 먹으러 나와요~
어, 엉!

‥‥

어이구야~
사람 됐네, 사람 됐어!
오 진짜 좀
괜찮은데?

고맙다. 만날
내 푸념 들어줘서…

푸하하하하하~~
나 이 사진 주라!
우울할 때마다 보게.
싫어!
태울 거야…

넉 달에 10만 원짜리
헬스클럽 생긴 거 알아?
같이 다닐래?

두근

두근

좋아하나…?

원서도 인터넷으로 다 넣을 수 있으니…
좋은 세상이야…

입사원서…
넣을 만한 곳은 다 넣었다.

이제 떡밥은 죄다 뿌렸으니 입질만 기다리면 되는 건데…

지금 시간 오후 두 시.
10.07 TUE
02:03 PM
두 시 반에 유경투자증권 서류 전형 발표가 있다.

괜찮을 줄 알았는데 발표시간이 다가오니
온몸이 조여오는 기분…

선재야~ 나 점심 먹으러 집에 왔다~

노크도 안 하고 총각 방에 벌컥벌컥 들어오냐?
에헤이~ 우리 사이에 무슨~

우리 사이…?

뭐야 이건… 모니터 옆에 왜 두루마리 휴지가… 서… 설마…
코 풀려고 갖다 놓은 거야!

선재… 남자구나.
마음대로 생각하슈.

띠링♪
Messenger
편지가 왔습니다.
A 漢
오후 02:16

헉! 왔어!
뭐가?
유경투자증권 서류전형 발표!

Messenger
딸깍
딸깍
편지가 왔습니다.
A 漢
오후 02:17

아놔 이노무 똥컴… 내 취업하면 컴퓨터부터 바꾼다.
빨리 좀 떠라. 빨리 좀 떠…
안절 부절

유경투자증권
감사합니다.
2008년도 하반기 유경투자증권 신입공채에 지원
장선재 님께 진심으로 감사의 말씀을 드립니다.

감사하대!
어머 어머! 된 거야?

2008년도 하반기 유경투자증권 신입공채에 지원하신
장선재 님께 진심으로 감사의 말씀을 드립니다.

금번 유경투자증권 신입공채에 우수한 분들이 지원해주시어
당사는 가급적 많은 분들이 전형에 참여하실 수 있도록 최선
을 다해 면밀하고 공정하게 평가하였습니다.

다만, 제한된 채용인원으로 인하여 장선재 님께 합격의 기회
를 드리지 못한 점에 대하여 대단히 유감스럽게 생각하고 앞
으로도 저희 회사에 변함없는 성원과 관심을 부탁 드립니다.

장선재 님의 건승을 진심으로 기원 드립니다.

하지만 그것은 시작에 불과했다.

도영은행은 귀하와 함께하지 못함을
유감으로 생각합니다.

계속 저희 바투신탁저축에
관심을 가져주시길 당부드립니다.

합격자 명단에 없습니다.

－동우증권－

불합격을 인터넷으로 통보해주다니…
잔인한 세상이야…

선재 형! 선재 형! 저 바투신탁저축 서류 붙었어요!
우와, 진짜 될 대로 돼라 식으로 넣은 거였는데!

어…
축하한다…

아 맞다… 형도 넣으셨댔죠…
저, 그게… 음… 아… 후아…

복통이…

아 참, 공무원 시험 발표나지 않았냐?
내 친구는 떨어졌다던데…

아, 저 그게…

시험 당시 컨디션
난조와 불가항력적인
외부 요인들로 인해…
떨어졌다
그 말이군.

내 친구는 1점 차이로 떨어졌다면서
울더라고~ 넌 몇 점 맞았는데?
와~ 1점이면
너무 아깝다!

저는 75점이던가…

몇 점 맞아야
합격인데?
80점대는 넘어야죠.

이번 시험 커트라인이
89점이라고 들었는데…
하긴 89점도 80점대니…
…..

스타부터 지워요~
수자야, 스타는 죄가 없어~

아놔… 죽갔네…
끄어 뜨ㅇ
굴적

꾹

진짜 삼천 승만 채우고 접을까…?
하면된

기한군, 손님이 오셨네.
?

네? 제 손님이요? 오실 분이 없는데…?
평화

어… 엄마…?

어이구, 밥은 챙겨 먹고 다니냐?
얼굴이 반의 반쪽이 됐어 그냥~
아니… 엄마…

어쩐 일로 여길 다 오셨어요?
그리고 이 분은…?

인사드려, 이놈아!
자홍 스님이셔.

다음 달부터 너 절에
들여보내기로 했으니까
자홍 스님 말씀
잘 듣도록 해…

예에?
저, 절이라뇨…?

이놈아, 공무원 한답시고
여기 들어온 지가 벌써
2년이 넘었는데…
합격 소식은 감감하니
니 엄마 환장하기
일보직전이다.

어차피 공부할 거
조용한 절에서
맑은 공기 마시면서
하면 얼마나 좋니?

모든 걸 끊고
새로운 환경에서
다시 시작해봐…
스님께서 신경
많이 써주셨어…

지금 당장 들어갈 거니까
어여 짐 싸서 나와.
자… 잠깐만요!

갑자기 찾아오셔서
절에 들어가라뇨…

어떻게 한 마디 상의도
없이 그러실 수가 있어요?
저도 생각할
시간은 주셔야죠!

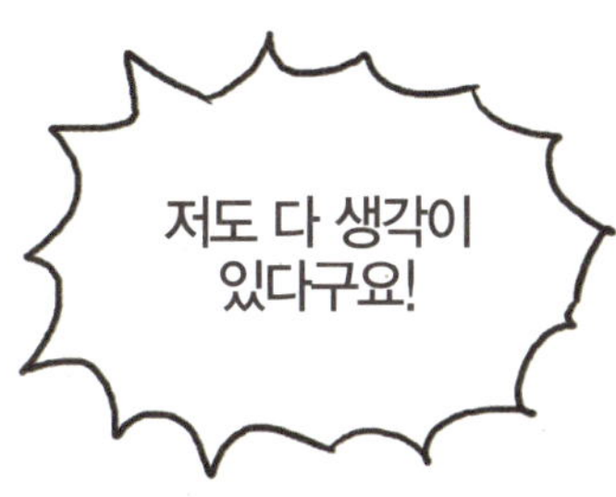

저도 다 생각이
있다구요!

절은 죽어도 못 갑니다…
음냐…

한원식 선생님!
저는 능곡에 있는 섹터5에서
무한동력을 연구중인
조상원이라고 합니다.
선생님을 제 작업실에 초대하여
제 기계에 대한 고견도 듣고
좋은 말씀 나누고 싶습니다.

제 분신인
달팽이 마크2
입니다.

선생님! 보시다시피
고전적인 회전운동을
이용한 기관입니다.

영구자석으로
중력을 이용하는
방식이군요.
역시 알아
보시는군요.

조 선생 같이
젊고 유능한
무한동력 연구자를
만나서 기쁩니다.

어휴! 저야말로
영광이지요.
아참, 선생님.
보여드릴 게
있습니다.

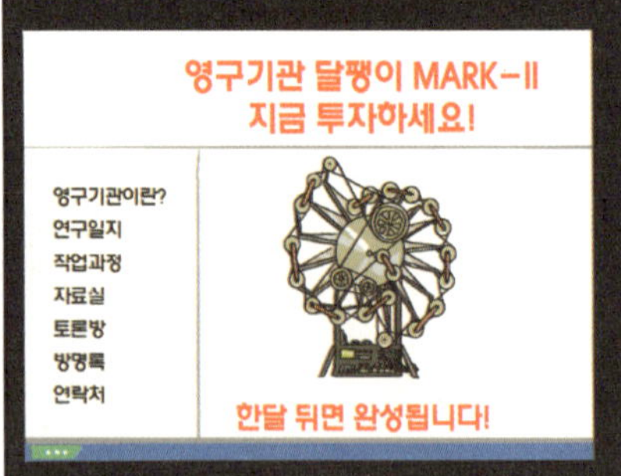

영구기관 달팽이 MARK-II
지금 투자하세요!
영구기관이란?
연구일지
작업과정
자료실
토론방
방명록
연락처
한달 뒤면 완성됩니다!

제 홈페이지예요.

이렇게 만들어 놓으니까
투자자가 많이 생기더라구요.

·····

관이란?
한달 뒤면 완성됩니다!

저 한 달이라 함은···?
아, 저거요?
그냥 쓴 거예요~

투자자라는 작자들은 무한동력이
하루아침에 뚝딱 만들어지는 줄 알아요.

저렇게라도 써놔야
아, 뭔가 하고 있구나~ 하고
계속 투자를 해준다고요.

그럼 한달 후엔···?
또 한 달 정도
더 걸리겠다고
써놓으면 되는 거죠!

그렇게 해온 게
벌써 수 년째예요.
먹고 살려면
어쩔 수 없죠!

이 작업실도
제공받은 거예요~
조 선생…

이건 사기 아니오?
예에?

불합격…
불합격…
이젠 실망도
안 하게 되네…
클릭!

으아아
축하합니다.
귀하는 오렌지 저축은행
서류 전형에 1차 합격하셨습니다.
2차 면접 전형 일정은
추후 통보해드리겠습니다.
!

드디어~~~
하나 걸렸구나~~~~~

앗싸~
앗싸~
앗싸~
훅~ 훅~
장선재 GO!
선재 GO!

나 장선재야
이 새퀴들아~
스탭 바이 스탭~
오 베이베~ ♪
덩실
덩실

잇힝!

진짜 둘이
보기 아깝다…
오빠 지금
춤춘 거죠?

기한아~
선재 붙었대!
뭐라구요?
선재 형, 탕수육이
먹고 싶습니다.
야야, 아직
면접 남았어!

17패 1승

이것이 하반기 공채가 시작된 후 나의 성적이다.

알았어.
저는 민국 대학교
경영학과 졸업을
앞두고 있습니다!
오케이! 훨씬 낫다.

자… 그럼 이제
예상질문 들어간다.

자신의 장점을 말해보세요.

예! 제 장점은!

제 장점은…!

망했다…

아후~
난 장점이
뭐지?
진짜 없는데…

이그~ 바보야!
면접에서 그렇게 말할거야?
없어도 있다고 해야지!

그리고 니가
잘하는 게 왜 없어?
춤 잘 추잖아!
푸하하하!

진짜 둘이
보기 아깝다…
금
아놔····

아참, 솔아…
응?

나 면접용 정장
사러 가야 되는데…
아니 뭐…
인터넷으로
사도 되지만…

제기랄
'같이 갈래?'
라는 말이 왜
안 떨어지냐…

같이 가자!
내가 골라줄게!

아오~ 재밌겠다!

가자~!

어~ 둘이 어디 가요?
부스스
평화

응, 정장 사러 가는데
솔이 골라준대…
아~ 정장?

심심한데
저도 갈까요?

아냐~ 괜찮아~ 쉬어~
아오… 진기한
이 자식아…

제 별명이
진수트인거
모르겠나요?
정장 고르는 덴
저의 안목이
필요할 겁니다.
평화

어, 그래…
풉!

기한 오빠!

오빠는 오늘 저랑 할일 있으니까 어디 가지 마요~
할일?

네! 여름 이불들 빨래 하는 것 좀 도와줘요~
정곳~
수자야…
이 은혜는…

남성정장 70% 세일

와~ 너무 많다…

면접 볼 거니까 까만색에 투버튼이 좋을 거야.

원버튼이나 쓰리버튼은 유행을 타거든~
아! 그렇구나.

남자친구분 정장 골라주시나 보군요!

남자친구
아닌데요?
아, 그렇군요.
빠직

이런 건 어떻습니까?
많이들 입으시는데…
에휴
너무 슬림하지
않아요?

탈의실

탈의실
달칵

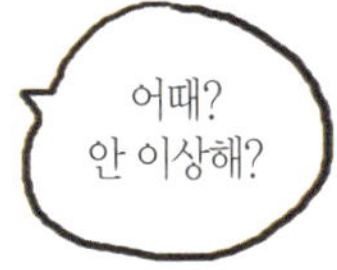

어때?
안 이상해?

우와! 좋다!
딱이다!

고마워!
너 아니었음
엉뚱한 정장
비싸게 샀을거야.

고맙긴!
친구 좋은 게 뭐야~

어! 우리 저거 찍자!

스티커 사진?
스티커 사진

응! 나 저거 고등학교 때
이후로 한 번도 못 찍어봤어.
찍자! 찍자! 응?

우와~ 가발 되게 많다…

넌 그거 딱이다!
난 해적 해야지~
제기랄! 내가
봐도 딱이야…

좀 붙어봐!
다정하게…

찰칵!

남자친구
아닌데요?

고맙긴!
친구 좋은게 뭐야~

좀 붙어봐!
다정하게…

헷갈리네…

흘꺽

맥가이버 형! 웬일이래요?
혼자 술을 다 드시고…

왜 며칠 전에
무한동력 연구자
만난다고 좋아
하시더만…

박봉구
아저씨의 10년째 단골 포장마차 주인

이번에도 기꾼인가벼?
기꾼, 기꾼, 사기꾼.

내 말 맞죠?

아유, 맥 형! 그런 놈들이랑
엮이지 마요~
인생 피곤해진다니까…

지글
지글

이건 서비스…
고등어 좀 들어봐요.
물 좋아.

자넨 여전하군…
꼴깍

여전히 뭐.
여전히 잘생겼다고?

으하하! 맥 형!
웃기면 좀 웃어요!
푸…
꿈틀…

에고, 손님도 없겠다,
나도 한 잔 마셔야겠다…
한 잔 따라줘봐요.

애들은 잘 커요?
수자, 수동이…
수자가 아마
올해 수능 보던가?

하… 벌써 그렇게 됐나…
시간 참 잘~ 갑니다.
끄덕
애들 공부는 잘해요?

우리 애들은
알아서들
잘한다네…

이그… 아빠 하나 달랑 있는데 애들 좀 챙겨줘요!
수자는 대학교 어디 간대요? 무슨 과?

·····

이거 봐 이거 봐~ 아니, 딸이 고3인데 진로 얘기도 안 해봤어요?

야… 진짜, 나도 한 10점짜리 아빠지만… 맥 형은 진짜 빵점이다.

허허, 틀린 말이 하나도 없어서
할 말이 없구만.

형.

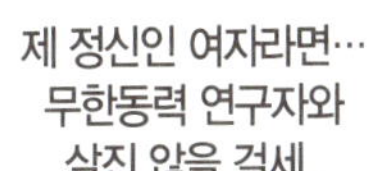

제 정신인 여자라면…
무한동력 연구자와
살진 않을 걸세.

오렌지
저축은행
면접날

면접 대기실

후달린다.

제기랄·· 하나같이
만만치 않아 보인다.
저들도 나처럼 긴장
하고 있긴 한 건가?

이 중에서 살아
남는 건 몇 %일까.
내가 살아 남을
수 있을까?

126번부터 130번까지
다섯 분 준비해주세요!

안에서 앞 조가
면접하는 소리가
작게 들린다!
쨍
긋

5년 후에는
이 회사에서
어떤 모습으로
있길 바랍니까?

쉽지 않은
질문이다!
어려워!
나라면 어떻게
대답할까?

자, 다들
수고했습니다.

에휴

씨발...
다들 얼굴이
썩어있다!

다음 다섯 분
들어오세요!

197

오렌지
저축은행

이준 씨는…
취미가 밴드 활동인데
어디서 밴드 했어요?

아, 예.
학교에서 스쿨밴드
기타리스트를
했습니다.

오, 그래요?
나도 왕년에
기타 좀 쳤는데…
밴드 누구 좋아해요?

예, 레드제플린하고
딥퍼플 좋아해서
주로 카피해서
연주했습니다.

호오… 요즘 세대답지 않게
하드록 좋아하시는구만?
나랑 취향이 같네!
나중에 기회 되면
연주 한번 들려줘요.

자기 소개서를 중심으로
예상치 못한 날카로운
질문들이 이어졌다.

전공성적이 개판이네요?
이 성적으로 우리 회사 들어올 수 있겠어요?

이것은 면접자에게 공격적인 질문을 던져 임기응변을 테스트하는…
압박면접!

대답해야 한다… 빨리 대답해야 해!
꽉

….
….
JOT됐다…
정신 차리자!
대답을 해야돼!

장선재 씨?

아… 앞으로…

앞으로 열심히 하겠습니다!

……
망했다.
완전히 망했다.

앞으로 열심히 하겠습니다 라니…
초딩이냐? 이등병이야?

첫 질문에서 이미 나는 모든 전의를 상실했다.
저축은행
그 후론 무슨 말을 했는지 기억조차 나지 않는다…

수고하셨습니다. 이제 나가셔도 됩니다.

다음 조 들어오세요!

결국은 내 얼굴도…
썩어보이겠구나…

손바닥에 난 땀으로 무릎이 다 젖었다.

후우…

들어가고 싶다.
미치도록
들어가고 싶다.

저 풍경 속에
자연스럽게
섞이고 싶다…

앞으로 열심히 하겠습니다…?
선재야…
이 미친 놈아…

떨어지겠지?

선재는 똘똘하니까 좋은 데 들어갈 거여~
그럼~ 나 닮아서 머리는 좋아~

이야~ 금융권! 남자라면 해볼 만하지.
얘 외삼촌이 예전에 대한은행 부행장까지 하셨잖아요~

띵동

메시지
면접잘봤어요?
면접비쏘셔야죠ㅋㅋ
진기한

한울 고등학교

수자야.
응?

너희 아빠한테 부탁 하나 하면 들어주실까?
부탁…? 무슨 부탁?

타임머신 좀 만들어달라고…

수능 6일 남았어! 거짓말!

다녀왔습니다아~

여, 수자 왔어?
다음주에 수능 본다며?
평화

아, 죽겠어요…

오빠는 수능
볼 때 어땠어요?
긴장 안 했어요?

나? 나는 수능 전날 마음을
가라앉히기 위해서…

스타를 했지.
STARCRAFT

……
7년 전이나
지금이나…

수자야! 스타는
죄가 없어~
중요한 건 평정심을
유지하는 거지!

어, 수자 일찍 왔네?
솔이 언니~

수자야,
이거 받아.
어, 이게
뭐예요?

목도리네요?

원래 수능 때만 되면 엄청 춥거든!
목으로 들어가는 바람이 감기 드는 바람이래~

와 언니… 진짜 너무 고마워요…
완전 따뜻하다.

사실 손님 없을 때 틈틈히 짠 건데 이틀만에 완성했다면 손님이 얼마나 없었단 말이냐…

누나… 나도 추운데 나도 목도리…
펴 희

넌 자꾸(지퍼) 올려.
쳇!
북-
화

어라, 다들 일찍 왔네?
선재 왔다.
화

수자야! 이거 선물!
헉, 오빠 또 웬 선물…

어머, 엿이네요?
고마워요, 선재 오빠!

지금 수자 엿멕이는 거에요?
쌍팔년도 개그작렬
평화

아뇨, 다들 선물 하나씩 들고 오니까 제가 민망해지네요.
수자야, 잠깐만 있어봐!

아놔~ 어디 있더라?
분명히 여기 어디에 짱박아 놨는데…?
오, 찾았다!

수자야, 이거 내가 진짜 아끼는 거거덩?
진짜 수능이니까 특별히 빌려주는거다.

악~ 그게 뭐야!

사법고시에 합격한 옆집 누나 팬티를

제 선배가 훔쳐입고 작년에 공무원 시험에 합격하고 나서 저에게 물려준 거예요.

악…미치광이!
그걸 왜 훔쳐
입었대?

여자 팬티 입고
시험 치면 합격한다는
얘기 못 들어봤어요?
진지
팬티는 입는 사람의
능력을 흡수한다고요~

그럼 오빠도
입어봤겠네요…
쓸려…
그걸 나
입으라고…?

에, 뭐…
싫음 말고!
휙 휙
악! 돌리지 마!
펑화

수자야, 저런거
보지 마! 부정 탄다!
언제든 필요
하면 말만 해~
으음?
펑화

기한아…
그거 말야…

회사 면접 때도
효과 있을라나…?
진지

수능 당일

때르르르르릉~
때르르르릉
언어기출

부시시

하아…
진짜 오늘이
오긴 오는구나…
수능이라니…

응?

JOTTE
누나,
시험 잘봐!
-수동-

짜식… 빨리도 준다…

아 참!
늦기 전에 빨리
도시락 싸야겠다!

헉

아빠?
뭐하세요?

주물주물

주먹밥…

허허, 뭘 넣어야
할지 몰라서…
김 붙이고
그냥 만들었다.

울
먹

하나 먹어볼래?

끄덕
끄덕

우물
우물

아빠… 혹시
새우젓 넣었어요?
어, 그게 약간
싱겁길래…

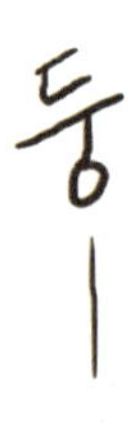

둥—
둥—
둥—

화이팅!
2009학년도 대입수학능력시험장
선배님 화이팅!

한울 고등학교 화이팅!
선배님 시험 잘보세요!

하아…
일단 수능보다도…
둥…
둥…
저기를 통과하는 게
더 곤욕이겠는데…

아빠, 그럼 시험
보고 올게요!
추운데 빨리
들어가세요.
2009학년도 대

수자야.
네?
둥…
둥…

…아니다.
늦기 전에 얼른
들어가려무나.

다녀올게요!
2009학년도 대입수학능

한울 고등학교 화이팅!
선배님 화이팅!
2009학년도 대입수학능력...
능력이

시험…
잘 보거라…
둥—
둥—
둥—

후룩
경화

수동이 좋겠다!
학교 안 가도 되고…
수능 보려면
아직 2년 남았지?
후룩
화

…네.

나는 수능 때 한
삼백 사오십 맞았나…
기억이 가물가물하네.
민국 대 그정도 했죠.
경화

너는 몇 점 받았는데?
?

387…

387? 그 정도면 상위 5% 아냐?
!

뭐 이런 말 하기는 좀 쑥스럽지만
과 수석으로 장학금 받고 들어갔어요.

…진짜야?
상상이 안가요.

하지만 그 후로 학사경고 두 번…
그리고 지금까지 휴학중이죠.

수동아, 너도 이렇게 되기 싫으면 말이다….

하고 싶은 공부를 해라…

형은 가고 싶은 과가 없어서 대충 수능점수에 맞춰서 넣었더니 나중에는 진짜 못 다니겠더라고…

형은 무슨 과였는데요?

한국 대 수의학과…
징그려…
근데 형은 개구리도 못 만져.

쳐그는 잘하지만
아! 이거 진짜 특이한 놈이다

다음날

훌쩍 훌쩍

수자야… 나 어떡해… 망했어… 망했다구…
슬기야…

이번 수능 어려웠대~ 다들 못 봤을거야~ 응? 울지마~
몰라. 엉엉.

보기(V)   즐겨찾기(A)
클릭
클릭
새로고침
http://o____ank.co.kr

현재 이용자가 폭주하여
접속이 원활하지 못합니다.
이용자여러분의 양해 바랍니다
오뤤지
저축은행

속이 타들어간다…

면접도 개판 치고
마음 속에선 이미
체념하고 있었지만
….
….
막상 합격자 발표날이
되니 실낱 같은
희망이 생겨버렸다.

하지만 사이트
폭주 현상만 봐도…
내가 얼마나 많은
사람을 이겨야 하는지
얼마나 헛된 희망을
가지고 있는지
알 수 있다.
클릭!
2008년 하반기 신입사원 공채
합격자 확인 서비스
성 명   장선재
주민등록번호   820711   -   103_
톡톡톡
토톡톡

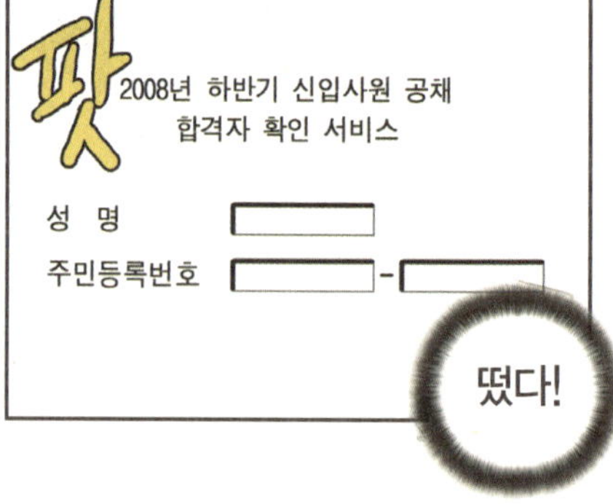

팟
2008년 하반기 신입사원 공채
합격자 확인 서비스
성 명
주민등록번호   -
떴다!
톡!

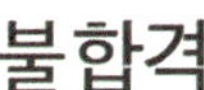

불합격

충분히 예상해서
덤덤할 줄 알았는데…
저 세 글자가
심장을 도려낸다.

그리고 더욱 받아들이기 힘든 사실은…

이로써 취업재수가 확정되었다.

올해 취업
18전 18패…
전패!

웅
웅
웅
엄마
0-6734-5156

딸깍

앞으로 일 년 동안 살아야 할 내 방이다.

죽이 되던 밥이 되던
오늘부터 난 이 방에서
취업 준비를 하고
기필코 대기업의
회사원이 되어
나갈 것이다.

…라고 했는데…

수자네 하숙집에
들어온 지 아홉 달…
이미 저 목표는
물 건너 간 상태다.
3개월 후면
졸업이라구…

그래, 금융권
꼭 오란 말이야~
선재, 넌 임마
잘 될거라니깐.

난 금융권 아니면 안 가!

친구들 보기가 민망하고

아… 계절학기 수업
가야되는데…

10분만 더 자자…

부모님께는 죄송스러워

이런 상황에 난 옆방 하숙생이나 좋아하고…

수자야, 제육볶음 끝내준다.
수자 음식 잘해~

선뜻 나간다는 말을 꺼내기가 쉽지 않네…

엥, 어차피 말할 거, 시원하게 말해버리자!

저기…
수자야! 수능 점수 나왔어?

아오! 그런 거 묻지 마세요! '수능'은 오늘부로 금지어!

저기…
그래서 몇 점 정도 나왔는데?

아이 참! 글쎄요. 이번에 어려웠어요!
다음날 학교 가니까 애들 다 울고 있었어요.

제기랄 타이밍을 못 잡겠어!
잘 될거야~
논술 준비 해야겠네.

결국 못 말했다―!
다녀오겠습니다!
추워

식후땡?
좋지
평화

이 인간한테라도
말하는 게 나을까…
모닝 스타
한 판?
모닝 커피도 아니고
모닝 스타는 뭐야…
화

휴, 일단 옷들은
대충 다 쌌는데…
생각보다 보통
일이 아니네…

서… 선재 형!
그 박스들은
뭐예요…?
평화

에구, 들켰네…
…그렇게 됐다…

택배
왔군요!

집에서 왔어요?
먹을 거예요?
나눠먹으면
맛도 두 배!
쌍

나,
나갈거야…

오늘 춥다는데…?

그게 아니고, 방 빼서
집으로 들어갈 거라고!

예?
왜요?

올해 취업도 망했고,
여기 더 있을 이유가 없어…
끙

아니, 한 번 안 됐다고
접는 게 어딨어요?
그럼 전 진작에
나갔어야 한다구요!

…리셋 버튼을
누르고 싶어…

환경을 바꿔서
처음부터 다시
시작해볼까 해.

리셋 버튼은
상대방이 디스
걸었을 때나
누르는 거예요…
평화

초반러쉬 한 번
당했다고 바로
GG 치시면
안 되죠!

그… 네 말도
일리가 있긴 한데…
너한테 이런
말을 듣다니…

선재 형!
진짜 이대로 나가면
그게 뭐예요?
탁! 하고 보란 듯이
붙어서 나가야죠~
탁
평화

탁… 하고 붙어서…
팔랑
팔랑

너처럼 될까봐 그러지…
수자네 온 지 2년 됐다며…
…‥
움찔
평화

솔직히 그동안 열심히 안 했어요. 저도 인정.
저도 올해… 는 지나갔고, 내년 상반기를 마지막 으로 보고 있어요.

그럼 스타도 지울거야?

선재 형.

제가 만날 공무원 시험 떨어지는 게 진심으로 스타 때문이라고 생각해요?

에이~ 반 농담이지… …만서도
솔직히 아주 영향이 없진 않지 않을까?

아니에요…

스타는 그냥 겉으로 보이는 아주 작은 이유 밖에 안돼요.
진짜로 중요한 건 말이죠…
펴

제가 공무원이 되고 싶은 마음이 별로 없다는 거예요.

!

아니, 무슨 소리야…
2년이나 넘게 준비했다면서…

휴

바로 그게 문제예요…

이 고시라는 놈은 사람을 미쳐버리게 만들어요…

해온 게 아까워서 포기를 못 하는 거예요…

어느 정도 안 되면
접었어야 하는데…
2년이 넘어버리니까…
해온 게 아깝고…
감은 잡은 것 같고…
조금만 더 하면 될 것 같고…

그게 뭔질
모르겠어.

…나한텐 GG
치지 말라더니?

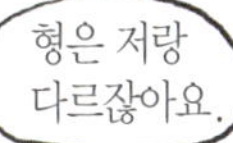

형은 저랑
다르잖아요.

그럼 뭐할 건데…?

글쎄 그걸 모르겠어요.
수의학은 죽어도
못 하겠고…

내년 상반기까지만
공무원 해보고
안 되면 수능을
다시 볼까나?

휴… 네 얘기를 듣자니
분명히 뭔가 공통점이
느껴지는데…

!

자네는 꿈이 뭔가?

죽기 직전에…

못 먹은 밥이
생각나겠는가,
아니면
못 이룬 꿈이
생각나겠는가?

기한아…

넌… 꿈이 있냐?
네?

제 꿈은…
우르르릉…
평화
!

실험이다…!
평화

웅웅웅

꽁

헐… 아저씨 괜찮으신건가?
웅
웅
웅

기한 군!
냉장고를
열어보게!

예?
냉장고요?

저거 같은데!!

기한 군!
어서…

예… 예!
벌컥

사다리?!

지금 올라갑니다!

저 레버를 잡게!
예!

하나 둘 셋 하면
힘껏 당기는 거야.
할 수 있겠나?
끄덕

하나, 둘, 셋!

웅 웅…

웅…

웅.

진동이 멈췄다!

팟

아저씨! 불!
불 들어왔어요!

서… 성공인가?

내려가세. 일단
밤까지는 지켜봐야
할 듯허이.
네.

성공이에요?
그럼 파티해야죠!

이렇게 안정적인 건 처음이지만…
역시 변수가 너무나도 많기 때문에…

아…

아참.
선재 형 나간대요.

응?
야이…

나가긴 어딜 나가! 캐백수가…

손가락 하나 자르고 나가요.
조폭이냐!

치카치카

나 치약 좀…

배신자에게 줄
치약따윈 없다!

아오~ 뭐가 배신자야~
님아 제발
치약 좀…

치카
치카
가글
가글

…진짜 나갈 거냐?

…응
치카
치카

그래라 그럼.
나 치약 좀…

드르륵~
탁!

드르륵
탁

잡을 리가 없잖아…
뭘 기대한 거야…

잡을 수가 없잖아…
내가 뭐라고…

Chapter
4
좋아해

자정
무한동력 가동
36시간째

아빠, 안 주무세요?

먼저 자려무나.

내일… 진학상담 하러
학교 오시라는데요…
시간 되세요?

한울 고등학교

교무실

어머, 저분 예전에
〈세상에 이런 수가〉에
나오신 분 아니에요?
쉿~ 1반 수자
아버지잖아요!

수자가 성적이 참
좋습니다, 아버님.

수능 점수도 잘 나왔구요,
이 정도면 서울에 있는
웬만한 학교는 무난히
갈 수 있을 것 같습니다.

수자가 지망하는
학과는 알고 계시죠?
약간 의외였는데…

예?
아, 예…

수자 너무 잘 하고 있으니까 걱정 마시고요~
꼭 원하는 학교 들어갈 수 있도록 저도 최선을 다하겠습니다.

잘 부탁드립니다.

어이, 배신자~
……

나간다더니 왜 안 나가냐~?
다음 주에 종강이야.
종강하면…

벌써 종강이야? 진짜 시간 빠르다…
하긴, 이제 연말이구나…

내년이면 스물 여덟-! 아악~~~~~

징글징글하다~
나이만 먹는구나~

오늘 가게 안 나가?

컨디션이 안 좋아서
하루 쉬려고…
그렇구나.

‘‘‘‘‘
‘‘‘‘‘

어색…

통장 정리가
완료되었습니다.
통장을 받아가세요.

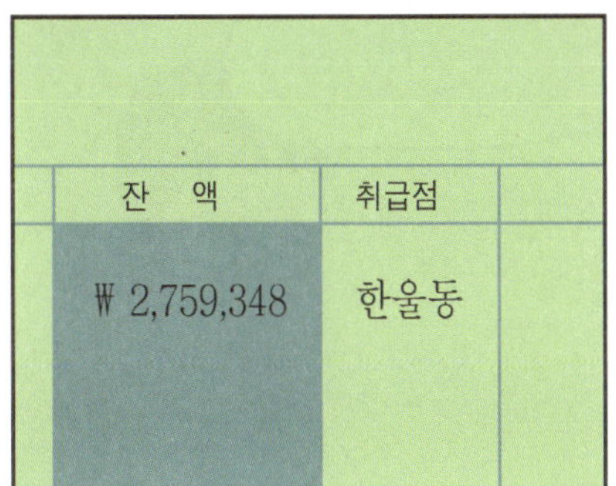
잔 액
취급점
₩ 2,759,348
한울동

휴… 선재 오빠
보증금 빼주면
진짜 빠듯하네…

대학 붙어도…
등록금은 어떡하지?

야.

너 되게 웃기는 거 알지?
또 뭐가…

…아냐.
아오…

혹시 솔도 날 좋아하나?
그래서 아쉬운가…?

그런데 물어 봤다가 아니면
개쪽 이잖아!

그래, 최대한 어색하지 않게
장난치 듯 말해보자…

으… 으하하~ 이놈의 인기!
나 나간다니까 우울하구나?

푸하하!
너 지금 목소리
떨린 거 알지?

그래, 우울하다.
어쩔 건데?

……
……

솔직히…

짜증나!
쾅

고맙다. 맨날
내 푸념 들어줘서…
언제나 내 얘기도
잘 들어주고 말야…

사람이 너무너무 선하다는
느낌을 받았거든…

그래서…
같이 있는 게
참 좋았는데…

어떻게 불쑥 나가버리냐?
진짜 정 없는 거 알지?

아니 솔아…
그게 아니고…

그게 아님 뭐!

진짜 그런 건
아니야!
음… 그러니까…

꼭 나가고 싶어서
나간다기보다는…

아… 이 분위기는 설마…

이거…
고백 타이밍인가?
두근
두근 두근
두근 두근

푸하하하~
너 지금 심장소리 여기까지 들리거든?
두근
두근
헉!

선재야…!

넌 어떤데…?

두근
두근
두근
두근
두근
두근
두근

어…

나도 너 좋은 애라고 생각해…

얼마나?

그… 그게…
아무튼간에…
내가 아는 여자 중에서는
제일 예쁘고… 음…
재밌고… 착하고…
으음…

그게 다?

아니 뭐…
그게…
좋…

좋아해…

진짜?
언제부터?

몇 달 됐…
아니 이건 뭐~
취조하는 것도 아니고!

그럼 이건 뭐같아?
그… 솔직히 처음엔…
약간 4차원인줄 알고 그냥 그랬는데…

어허~ 학생이 돈이 어딨다고.
누나가 쏜다!
같이 맥주도 마시고 얘기 좀 하다 보니까…
사람이 참 뭐랄까… 의외로 진국이랄까…

그리고 나 면접 볼 때에도 신경 많이 써주고…   정장도 골라주고… 하다 보니까…

와~
너 진짜 웃긴다.
이상한 걸 갖고
고민하고 있네?

나도 너 좋아한단 말야!

아놔…

하여튼 장선재…
못돼 처먹었다니깐…

……

우리 사귀자…

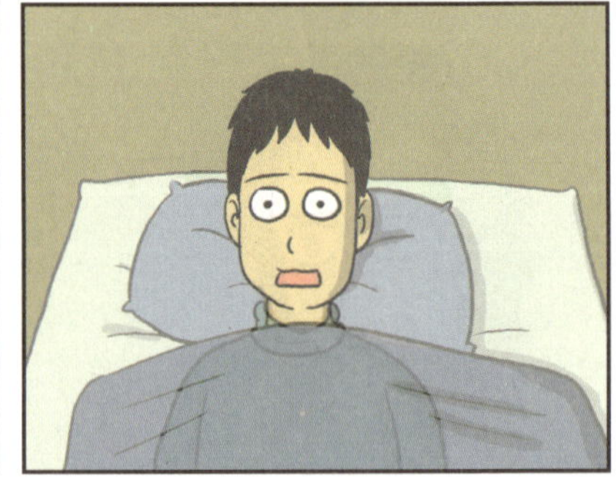

아 쉬발 꿈...?

무한동력 유지 68시간 14분…
아직 정지 이유는 모르겠지만 대기록임은 확실하군…

벌떡

잠탱아!
이거 수자께보다 먼저 깐거야
우리 1일 기념 선물 ♡
- 솔 -

후아… 꿈이 아니었어…

흐읍

벌렁

pink nail

솔! 뭐 좋은 일 있어?
표정이 엄청 밝다?

나 있잖아…

진짜?

어떤 사람인데?
잘 생겼어?
키는 몇인데?
직장은 어딘데?
돈은 잘 벌어?
사귄 지 얼마나 됐는데?

아냐, 학생이야.
이번에 졸업하는…
이제 하루 됐어.

악~ 크리스마스 앞두고
이게 무슨 배신질이야~
으헝헝 외로워~~~

어서오세요!
딸랑

내가 할게! 맡겨줘.
진짜 이번엔 잘해라.

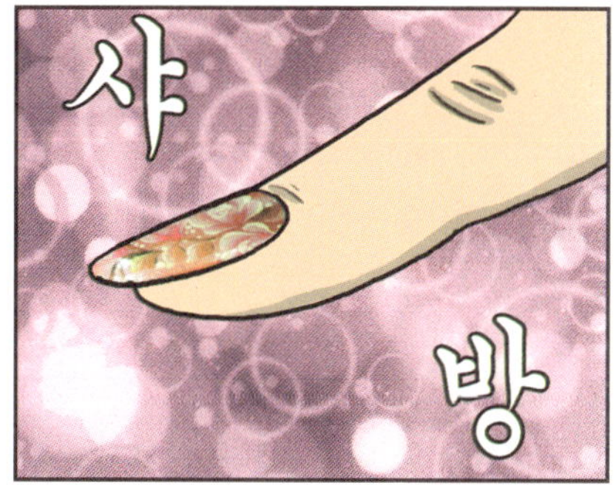
샤
방

어머… 지금까지
받아본 것 중에서
제일 맘에 들어요!
앞으로 여기서
해야겠다~

헷

솔이 칭찬을 들었다?!
이것이 사랑의 힘인가…

2권에서 계속

선재의 무한동력

한 순간도 긴장을
늦춰선 안 돼.

네?

모든 것은…
변화한다네.

네?
평화

꾹

2009 여름

지잉~ ㄷㄷㄷㄷㄷ
푸쉬이이이

철컥!
기이잉~
구우웅 지잉~

번쩍
구구구궁
254

나는 인피니트 파워…
무한동력이다.

한 박사에 의해 만들어진 자체 동력을 만들어내는 오토봇이지.
고유가시대, 맞춤형 오토봇이 온다!

2009년 여름. 무한동력 대발간 축하!